苦節四年、
理想の聖女を演じるのに疲れました
～便利屋扱いする国は捨て“白魔導士”となり旅に出る～
インバーターエアコン
ILL. アレア

フラウ
メイフィートの聖女仲間
で親友
メイフィート
追放されてしまった
元大聖女
ポチ
メイフィートを気に入っている
神獣のフェンリル

グレモリアス
有能だが、時々抜けている
部分がある最高位悪魔
ギリアム
仲間思いで
優しい獣人

KUSETSU YONEN, RISO NO SEIJO WO ENJIRUNONI TSUKARE MASHITA

CONTENTS

プロローグ 002
忍耐の終わり 005
森での出会い 035
リドルブ騒動 051
閑話　ポチ 110
北の地へ 116
ポチ襲来 132
終焉の地 148
滅びの予兆 182
過去との決着 234
エピローグ 280

苦節四年、
理想の聖女を演じるのに
疲れました
～便利屋扱いする国は捨て
"白魔導士"となり旅に出る～
インバーターエアコン
ILL. アレア

プロローグ

人の心と身体は密接な関係がある。

感情を完全にコントロールできる人間などいない。

不完全な存在、それこそが人間という生き物だと私は思っている。

えと、いや……急にごめんなさい。

別に哲学的な話をしたいんじゃない。

頑張って頭のいいふりしようと、賢ぶったわけでもない。

私がこれから伝えたいのは、至極単純な話なんだ。

お金のためとはいえ、やりたくない仕事をしたり、気に入らない奴にぺこぺこと頭を下げたりと、誰しもがそういう経験はあると思う。

心と真逆の行為をすれば、より精神的な不可がかかる。

黒い靄《もや》が精神を侵食していく。ジワリ、ジワリ……と。

だから人間には休息がとても大切で、やりたいこと、やりたくないことのバランスをうまくとるのだ。

もし心の悲鳴を無視し続ければどうなるか？

周囲に言われるがまま従い、本当の自分を隠し、人形の如く誰かの望み通り、作った笑みを浮かべ続けたらどうなるか？

耐えているように見えても、それはいつか我慢の限界を迎えるのだ。

一年後か、二年後か……それとも十年後か。

そして私、大聖女メイフィートの場合。

「うるっさいんだよおおお！　こんの馬鹿王子が！」

「きゃあああああ！」

「イ、イクセル殿下ああああああっ！」

今日だったたっていう話だ。

天高く突き上げられた私の拳。

神殿の大聖堂でぐったりと床に寝転がる我が国のアホ王子。

響き渡る他の聖女の悲鳴、何事かと駆けつける騎士たちの足音。

そんな大混乱の中、私はというと。

（……ふぅううう、き、気持ちいぃ）

一人とてつもない解放感に浸っていた。

積み重なったストレスが今、空へと解き放たれたのだ。

白目を向いている王子と共に。

忍耐の終わり

王族暴行事件の三十分前に、時は遡る。

(づ、疲《づか》れだぁ……早くベッドで休みたい)

激務終わり、ふらつきながら王都の神殿の廊下を歩く。

目にはクマができ、肌は荒れに荒れて……もう、しんどい。

本当の年よりもプラス五歳ぐらいは老けて見えるんじゃないだろうか。

先日、風の大聖女の称号を持つ私は、魔物の発生源となる瘴気《しょうき》が大量に溢《あふ》れたと聞き、北のダンジョンへと向かった。

高レベルの光魔法の使い手にしかできない仕事で、寝ずの作業で瘴気を浄化し、疲労困憊《こんぱい》で私は風の神殿に戻ってきた。

今ならすぐそこの硬い床で眠れそう。

ひんやりしていて、とても気持ち良さそう。

「ねぇ、こっちにおいでよ……」と床が呼んでいる気がする。

駄目だ、疲労ゆえか、おかしな幻聴が聞こえてきそうだ。

ふらふらした足取りで自室に向かっていると。

豪華な神官服を着た五十を過ぎた男が私の前に現れた。

「戻ってきたか」

「神殿長？」

「メイフィートよ、重要な話がある……ついてこい」

「……わかりました」

いささか強引な言い方で私を促す神殿長。

この疲れた時に……と思ったが、いつものことだと諦めるしかない。

大きく息を吸って、黒い感情を殺す。

神殿の最奥部にある大聖堂に連れていかれる私。

私と神殿長を見て、待機していた神殿騎士たちが部屋に続く重厚な扉を開く。

相変わらず、中には無駄にお金のかかった豪華な空間が広がっていた。

黄金の額縁に彩られた初代大聖女を描いたらしい人物画、天井に伸びる大理石の柱、床には真っ赤な絨毯《じゅうたん》が端から端まで敷かれている。

私が来た時、中には大勢の人間が待機していた。

神殿の重要な役職に就く司教や司祭、そして同僚の聖女たち。

更に大聖堂の一番奥には……。

「……ち、ようやく来たか、長い間待たせやがって」

若い男が私の顔を見て舌打ちする。

白と青を基調とし、至るところに宝石を埋め込んだ華やかな服。

煌《きら》びやかな金髪をオールバックにし、主張の強い柑橘系の整髪料の匂いをツンと漂わせている。

彼こそがここウインブル王国の第二王子、イクセルだ。

一体私に何の用なのか？

そもそも大聖堂は式典などを執り行う特別な空間だ。

何故今、自分はわざわざ連れてこられたのか？

戸惑い気味に私が部屋の真ん中に立つと同時。

王子がその答えを大きな声で教えてくれた。

「この時をもって、メイフィートの大聖女の資格をはく奪する！」

「…………は？」

(今……なんて言った？)

大聖女の資格をはく奪？

脳の理解が追い付かず、突然のことに呆然《ぼうぜん》とする私。

「メイフィートよ。突然のことに混乱しているだろうが、殿下がお告げになった通り、これは正式に決定したことだ」

「くく、神殿長の言う通りだ。貴様にとっては悪夢のような出来事かもしれんが、残念ながら夢ではないぞ」

ニヤニヤと笑って王子が言う。

ふむ、夢ではない、か。

頬を引っ張ったりして確かめるが……やっぱり痛い。

仕事疲れの眠気もあり、うまく整理できてない脳を必死に回転させる。

「とりあえず、何故このような事態になったのか、はく奪理由をお聞かせ願えますか？」

「ふん、すでに想像はついているだろう？」

「いえ、まったく……微塵《みじん》も」

イクセル殿下がギロリと私を睨《にら》む。

不愉快そうな目、もう少し隠そうよ。

王子様なんだから、腹芸とか必要だと思うんだけどね。

「ならはっきりと言ってやる！　貴様の行いはあまりにも大聖女として相応《ふさわ》しくないからだ！

……お前たち！」

「「「はい！」」」

王子の声を受けて、周囲に控えていた聖女たちが声をあげる。

「私、見ました！　……メイフィート様が、神殿の自室に大人の男を連れ込んでいるのを！」

「私の時は別の男です。十五歳ぐらいの若い修道士でした！」

「えぇと……何言ってるの？」

次々に声をあげる聖女たち。

「それに加えて、聖女イルマへの陰湿な嫌がらせの数々」

「い、嫌がらせ？」

「そうだ。この神殿において、貴様に次ぐ実力者の聖女イルマだ」

「ああ……イクセル様」

「イルマ、大丈夫だ、俺が守ってやるからな」

私から庇《かば》うように、王子が隣にいた女の肩を力強くギュっと掴む。

どっかで見た記憶がある、確かお偉い公爵家の令嬢だ。

彼女がナンバー2なのか、初めて聞いたな。

実績からしても、思い浮かぶのはイルマじゃなくて私の親友なんだけど。

「イルマの存在が自身の地位を脅かすと恐れを感じた貴様は、出る杭《くい》を打たんと、先日彼女の飲み物に毒を仕込んだそうだな。彼女が解毒魔法を習得していなければ大変なことになっていたぞ！」

正義感に酔った感じで王子が叫ぶ。

すべてが捏造《ねつぞう》された荒唐無稽な話で。

ここまで来ると、ちょっとした喜劇を見ている気分になる。

頭が痛くなってきた、誰情報よ？

私は殆《ほとん》ど外で仕事していたんだから、男を呼び込む時間なんてないに決まっている。

「……うふふ」

「…………」

ニヤニヤと王子から見えないように、私を見て笑う女《イルマ》。

ウェーブがかった赤い髪を揺らし、胸を押し付けるように殿下の腕に大胆に絡みつく。

そういえば、この馬鹿王子《イクセル》がとある聖女に執心という噂話《うわさ》は聞いたことがある。

目の前の女狐《イルマ》は殿下と繋がりの深いアズール公爵の令嬢。

なんとなく見えてくる、この茶番の背景。

この分だと、称号はく奪を告げた神殿長とも何か裏取引が行われていそうだな。

イルマの態度から色々察する私。

なるほどね、すべて嘘だと知った上で強引に事実をでっちあげるつもりか。

「この淫売めがっ！　こんな女が聖女の最高位の大聖女とは嘆かわしいにも程がある！　今を持って聖女資格をはく奪し、貴様にはすぐにでも神殿を出て行ってもらう！」

要するに巻き込まれたのか……私は。

彼らのあまりにも幼稚でくだらない陰謀に。

まぁ想像はつく。どうしてこのような事態が起きたかは……。

そもそも、私はかなりの数の神殿関係者に嫌われている。

私は十歳の時に王都の貧民街にいるところを、とある老婆《ろうば》に拾われた。

何故かあのくそババ……い、いや、とても偉大なる先代の風の大聖女様に気に入られた私。

彼女は文字の読み書きから、直々に光魔法の扱いまで教えてくれた。

先代聖女は出会った時すでに百歳を余裕で超えていたが、過去直弟子などとったことはなく、周囲はこのことに相当驚いたそうだ。

その教え方はスパルタでとにかく実践あるのみ。

滅茶苦茶叩《たた》かれた、逃げようとすると叩かれた。

だから私は死ぬ気で頑張った。

その結果、お前ならもっとできると叩かれた……理不尽だ。

どないせえと？　今もあの時の正解が私にはわからない。

だけど、それは私にとって無意味な時間などではなかった。

おかげで魔法能力は相当のものになったと思う。

最終的に先代からお墨付きをいただき、私が大聖女の地位を引き継ぐことに。

（そんな経緯で今の地位についた私は……誰よりも敵が多い）

この世界には風、水、土、火の四つの大神殿があり、世界創生に関わったそれぞれの神を祭っている。

風の神殿は風の神シルフィード、水の神殿で水の神アクリス……といった具合だ。

光魔法を扱う私たち聖女はいずれかの神殿に所属している。

そして各神殿の中でも最も能力の高い者が大聖女と呼ばれる。

つまり、大聖女と呼ばれているのは世界に四人だけだ。

王族との婚姻すら成し得ることができる立場、そこに貧民街出身の私が何故かいる。

王族の血に誇りを持つプライドの高い王子や、幼少時から魔法教育を受けてきた貴族出身の聖女。

彼らからすれば、今の私の状況は許せないのだろう。

一応、私の味方だった先代が存命なら話は変わったかもしれない。

だが、生憎《あいにく》彼女は亡くなっている。

「くくく……どうだ、今の気持ちは？」

「……」

正直、脱力である。休みたいのに面倒を起こして。

こっちは四六時中動き回っているのに、こんなことで無駄に時間を使わせて……。

「苦労して得た大切な地位を奪われて悔しいか？　不要な女だと我々に判断されて悲しいか？

だがこれは決定事項だ」

私が黙っている理由を勘違いしたのか、イクセル王子が調子に乗り出す。

ここ最近も王国中を駆け回り、本当に忙しかった。

休む間なんて殆どなかった。

発見された大墳墓の浄化をした時なんて、風呂にも入れず泥まみれだ。

臓器丸出しのゾンビ様と共同生活を送ったこともある。

あ〜あ〜う〜う〜と呼ぶ声が目覚まし替わりだ。

体に染みついた臭いはなかなか取れなかった。

本当に泣きたくなるほど大変だった。

そんな日々はなんだったのか。

別に私自身、大聖女になりたかったわけではない。

それでも恩人に今際《いまわ》の際に言われては、拒否なんてできない。

自分なりに心を殺して仕事に務めてきたつもりだ。

だというのに……こいつら。

「……あ、はは、ははは」

自分勝手な都合で呼び出し、そんな私の聖女資格を奪うだと？

乾いた笑いが零《こぼ》れる。

こんなくだらないことで、ようやく得た貴重な睡眠時間を……。

内心はどうあれ、国の危機を救うためにと必死で仕事している間。

この暇人どもは、人の足を引っ張ることを企《たくら》んでいたのか。

「くく……だが、これまで国に尽くしてきた貴様だ。土下座して精神誠意謝罪すれば、今後の態度次第で少しは慈悲を与えんでもないぞ」

「……は？」

「おお、さすが殿下！」

「なんという、心優しいお方なのだ！」

周りの連中が王子を褒めたたえる。

どいつもこいつも……協調して私を攻め立ててくる。

（もういいや、なんかうん……もういい）

「……殿下」

私は一歩、二歩と殿下の元にゆっくりと近づいていく。

それを見て何を勘違いしたのか、にやけた笑みを浮かべる殿下。

「くく……そうだ、それでいい。なかなか従順ではないか」

「……」

王子の不躾《ぶしつけ》な視線が私の身体へと向かう。

「出自はアレだが、これでも私は青薔薇《あおばら》と呼ばれる貴様の美しい容姿だけは認めているのだ。今度私に逆らわず、素直に尽くすというのなら……」

「さっきから、人が黙って聞いていれば……」

「………む？」

王子が私の様子がおかしいことに気づく。

だが、もう遅い。

「ごっちゃ、ごっちゃ、ごっちゃごちゃ、ごっちゃ、ごっちゃ、ごっちゃごちゃと……」

好き放題にぺちゃくちゃと言いたい放題……いい加減に。

ギュっと拳を強く握る私、

「うるっさいんだよおおお！　こんの馬鹿王子が！」

「ふぐおおおっ！」

拳をそのまま上に突き出し、アッパーカット。

悲鳴をあげて吹っ飛んでいく殿下。

地面に強く叩きつけられ、気絶してぐったりしている。

やってしまった……そう思うが、時すでに遅し。

しかし、私の心は後悔よりも。

「……ふぅう」

き、きき……気持ちいい。

黒い靄が晴れて、悩まされた憑《つ》き物が取れたように。

なんともいえない解放感が噴き出ていた。

「どいつも、こいつも、好き勝手なことをぬかして……ったく」

拳を握りしめる私。倒れた王子を見て少し溜飲《りゅういん》が下がる。

頭の中を支配していたモヤモヤが晴れ、昔の自由な自分に戻っていく感覚。

「で、殿下ああ！　ご、ご無事ですか！」

「だ、ダメだ！　完全に気を失ってしまっている！」

倒れた殿下に駆け寄る神官や聖女たち。

急いで回復魔法をかけ始める。

「は、はは……つ、ついに本性を現したわね！　メイフィート」

「うん？」

殿下と共に私の失脚を企んでいた聖女イルマが、嬉々《きき》として私を指さす。

「ふふふ、終わりよ！　あんたの人生はもう終わり！　王族への暴行など大聖女とはいえ許されるものじゃない！　アンタはここで捕まり、投獄されて、処刑される！　やはり汚い血の貧民が大聖女なんて無理があったのよ！」

「………………」

やれやれ、ピーチクパーチクと。

「……うるさい女がいるなぁ」

「ひうっ！」

ペタリとおしりをつく聖女イルマ。

私がちょっと強い魔力を向けて、威圧しただけで震え上がる。

「どうしたの？　口をぱくぱくさせてないで、ちゃんと立ちなよ。お望み通りの、演技じゃない……素の私でお話をしてあげるから」

「な、ん……あ、貴方、本当にメ、メイフィー」

過去に見たことのない私の様子に脅《おび》えがまじる。

「イルマ、貴方《あなた》のご指摘通り、私の本性は物語に出てくる慈愛精神たっぷりの主人公のように清楚《せい そ》で心の綺麗《き れい》な女じゃないよ」

「う、あ……っ」

「何か言いなよ。この程度の威圧で会話すらできないの？　修行が足りないんじゃない？」

聖女とは傷ついた人々の治癒をして回る職業だ。

危険な戦場に行くこともあるし、決して綺麗なだけの仕事じゃあない。

能力の高い大聖女となればその出番は猶更《なおさら》多い。

凶悪な魔物に囲まれた経験もある私からすれば、神殿騎士に囲まれた今の状況にもなんの恐怖も感じない。

乗り切れる、その確信があった。

「こうなった以上、もう我慢なんてしない。攻撃するなら相応に返すよ」

ぐるりと周囲を見まわして、堂々と宣戦布告。

大聖堂にいるすべての人間にはっきりと意志を伝える。

「メ、メイフィート、何故こんな……ち、血迷ったか？」

「イライラしたのでやりました。理由は本当にそれだけなんですよ、神殿長」

「なっ！」

くだらない、くだらない。

まったく……なんてくだらない茶番劇だ。

「神殿長もこんなバカなこと考える暇があるなら働いてくださいよ。安全な王都に閉じこもって、ボ～ッとするだけなら無能でもできるでしょ」

「き、貴様ああああああ！」

私の言葉に血管を浮き上がらせる神殿長。

こうならったら、関係修復など不可能だ。

やったるよ、もう完全に吹っ切れた。

「メイフィート！　ここまで聖女として育ててもらった恩を忘れたか！」

「恩？　神殿長は勘違いしているね、逆だよ逆」

「……は？」

「育ててもらった恩があるから、大聖女なんて似合わないことやってたんだよ、私は……」

光魔法に強い適性があるとかで、路地裏の貧民街から神殿に連れてこられた。

それからはひたすら治癒、浄化といった光魔法の修行。

神殿での暮らしは大変だった。知らないことも多く苦しかった。

でも、生きていく術《すべ》や知識を学ぶ機会はおかげで得た。

だけどその恩義は……。

「あくまで先代に対してのものであって、神殿やあなたたちに対しての恩義じゃない」

ただ、それも今日で終わりだ。

大聖女となり今年で四年目、先代が私のために使ってくれた時間とほぼ等しい。

（婆さん……義理は果たしたよ、もう我慢しないからね？）

たじろぐ神殿長を無視して、足を進める私。

「ど、どこへ行く！　メイフィート」

「考えなくてもわかるでしょ、ここから逃げるんだよ」

「お、お前たち！　そいつを絶対に逃がすな！」

「「「はっ！」」」

神殿騎士に命令する神殿長。

大聖女を辞め、神殿を去ることに若干の心残りもある。

きちんとお別れしたかった人間もいる。

私の数少ない聖女友達のフラウ。

そして現在外出中だけど、私が神殿に戻ると尻尾《しっぽ》を振って嬉《うれ》しそうに会いきてくれる彼。

（ポチ……ごめんね、私いくよ）

扉へとゆっくり向かう。

一歩二歩と歩くたびに、後ずさりする神殿騎士たち。

「な、何をしている！　早くその女を捕えろ！」

「よ、よろしいのですか！　本当に」

「傷つけても構わん！　腕の一本や二本とれてもな。どうせ処刑される身だ！」

神殿長が叫んだ。

直後、剣を構えた騎士たちが襲い掛かってくる。

その鋭い刃が四方から私の身に迫るが……。

「そんな物騒なものを私に向けないでよ」

私がパチンと指を鳴らすと透明な魔法障壁が展開される。

ガキンと、堅いものにぶつかった衝撃音。

すべての剣がへし折れ、私の足元にパラパラと……。

「馬鹿な！　体に触れる前に剣が折れっ」

「む、無詠唱で防御魔法だとっ！」

この程度で何を驚いているのか。

魔法を安定化する詠唱だが、実戦における突発的事態には対応できない。

「まさか、無抵抗で切られてあげると思ったの？　随分ぬるいんだね、神殿の騎士は……」

「「「なにぃぃ」」」

自分で自分の身を守るなんて当然のことだ。

光魔法は治癒や防御に特に長《た》けている属性だ。

反面、魔法そのものによる攻撃は苦手なのだが。

「私をそこで震えているイキリ聖女と一緒にしないでよ。そんなザマで、何かあった時に皆をちゃんと守れるのかな？」

「おのれぇ！」

「わ、我々を侮辱することは許さんぞっ！」

「別にいいよ、許さなくて」

彼らと面倒な問答をするつもりは微塵もない。

今更理解し合えるはずもないしね。

（ちょっと……じっとしていてもらうよ）

私の足元に出現する巨大魔法陣。

発動魔法の効果範囲を大聖堂全体に指定。

陣から生み出された光が、部屋中の人間に襲い掛かる。

「な、なんだこの光はっ！」

「糸のような光が脚に絡みついてっ、ち、力が抜けていく」

「う、動けっ！　動けええっ！」

発動させたのは『ライトバインド』と呼ばれる魔法。

ちょっとした行動阻害の光魔法だ。

「まぁ妨害特化の魔法だから肉体が傷ついたりはしないよ、安心して。効果は使用者の拘束、それとスピードダウン、パワーダウン、マジックダウン……ええと、あとなんだっけ？　まぁうん、色々能力が下がる」

「せ、聖女たち、早くこの魔法を解けっ！」

「む、無理ですこんな魔法っ！」

「基本魔法レベルが違いすぎて、レジストできませんっ！」

光から逃れようと足掻《あが》く聖女や神官たち。

今のうちにとっとと出ていくとしよう。

「あれ？」

大聖堂から出ようとするが、強く押しても扉がなかなか開かない。

いつの間にか向こう側から鍵が閉められていたようだ。

「ふははは、馬鹿女めが！　……貴様はここから逃げられれっ！」

「神殿長は何が面白いのかな……ふっ！」

「……は？」

神殿長の高笑いを無視して扉をぶん殴る。

バゴオオン！　……と大きな音を立てて粉砕される扉。

攻撃魔法が少なくても戦えないわけじゃない。

支援魔法が使えるし、魔法による自己強化は得意なんだよね。

「それじゃあ皆様ご機嫌よう。まぁ……二度と会うことはないと思うけどね」

ひらひらと手を振っておさらばだ。

待てえええ！　という怒鳴り声を無視して走っていく。

こうしてド派手に身分を捨てた私の逃亡劇が始まったのだ。


神殿を力業で脱出した私。

現在、河川敷にある橋の下の茂みに潜伏していた。

「どこだ！　どこに行った！」

「おいお前たち、大聖……聖衣を着た青髪の女を見なかったか？」

バタバタと私を探して走り回る神殿関係者の姿。

王都は大騒ぎで、歩く人々も何事かと様子を見ている。

(さすがに大通りは通れないか)

どうしたものかな、これから……。

謝るつもりは微塵もないし、後悔もないのだけど。

感情的に事を起こしたせいで、旅の準備をする時間もない。

その点だけは反省をしている。

今、一番困っているのは服だ。

鮮やかな青の生地に金が刺《し》繍《しゅう》された大聖女の聖衣はあまりにも目立つ。

どこかで適当な服に着替えたいんだけど。思考していると……。

「メイ！」

「え？」

突然自分の名が聞こえたので驚いて振り向く。

考え事をしていたので接近に気づくのが遅れた。

「……ふ、フラウ」

「はぁ、ふぅ……や、やっぱりっ、ここに……いたのね」

現れたのは白と水色を基調とした聖女の服を着た少女。

ゆるふわの金髪を激しく揺らして走って来て、私の肩をがっしり掴む。

よほど慌ててきたらしく、額には凄《すさ》まじい量の汗が浮かんでいる。

「き、き、聞いた……わよ！　神殿で暴れ、たって。メイの大聖女の資格をはく奪……だって」

「……うん」

「うん？　……ってもう、あ、ああもう！　ひ、ひぃぃ」

「ちゃんと待っててあげるから、休んでいいよ」

「あ、ありがと……ふぅ」

息切れしている彼女の名前はフラウ・グレイン。

私の数少ない聖女の友人であり、ウインブル王国貴族のグレイン公爵家の長女である。

見習い時代は彼女と同室であり、それをキッカケに仲良くなった縁がある。

一分後。フラウの息が会話できる程度に整う。

「フラウ、王都に戻ってたんだ」

「ちょうど今、ね。そしたら大騒ぎになってて……運が悪ければメイの顔も見れずに別れるところだったわ！」

フラウの顔に悲しみが浮かぶ。

そして、そのまま彼女に抱きしめられた。

「……あ、汗臭い」

「し、しょうがないでしょ！　全力で走ってきたんだから、この子はもう、空気を読まないんだから」

フラウの腕にギュッと力が加わる。

「でもフラウ……どうしてここがわかったの？」

「先代様に叱《しか》られたり、嫌なことがあった時、小さい頃から貴方は必ずここに来ていたからね、たぶんいると思ったのよ」

さすが付き合い長い親友だ。

行動パターンが完全に読まれているね。

「まったく……殿下も馬鹿なことをしたわ、貴方の本性も知らずに……外側だけで判断するから痛い目を見るのよ。でも本当にいいの？　あんなにメイは頑張ってきたのに」

「どうしようもないでしょ、神殿の上層部も殿下も納得しているし」

「こっちは納得できてないわよ！」

ガッと私の肩を掴むフラウ。私を心配して本気で怒ってくれる友人。

不謹慎だが、少しだけ嬉しいとも思う。

「S級ダンジョンの瘴気浄化、魔物暴走《スタンピード》の阻止、貴方は誰よりも多くの人を救い、結果も残してきたじゃない！　なんで、なんでっ！」

「それは……フラウもわかっているでしょう？　彼らは気に入らなかったんだよ、私のことが。これは理屈じゃないし、実績なんて関係ないんだよ」

「……ぐっ！　あの馬鹿王子め！」

貧民街という出身が出身だからね。

ただ能力の高さだけで続けられるほど、世の中は綺麗にできていない。

それはフラウも十分にわかっているはずだ。

「わ、私はそんなこと微塵も考えていないわよ！」

「ん、わかってるよ」

「最初は下民如きが、私たちと同じ扱いを受けて……そんな、くだらないこと考えていたわ。だけど貴方の努力は本物だった。そんな貴方を隣で見ていたから、私も負けないように成長しようと頑張ることができた」

「……フラウ」

興奮する彼女を落ち着かせ、その細い髪に優しく手で触れた。

「だけど皆、フラウのように理解してくれるわけじゃないんだよ」

「……メイ」

「実際、大聖女になる前はかなり好き勝手に遊んでいたからね、多分実績を積んでいなかったら、とっくに追い出されているよ」

「まぁ、うん……それはうん、そうだけども」

「そこは否定しないんだ」

「私の知る聖女は、未成年で町の賭博場に出入りしたりなんかしないわ」

あ、はい……そうですね。二人で昔を思い出して笑い合う。

「ま……メイが落ち込んでないならいいわ」

「無様に泣きわめくと思った？」

「まさか、メイのそんな顔は想像できないわ。貴方ならどこでも逞《たくま》しく生きていけるでしょうし」

フラウが私をまっすぐに見つめる。

「ていうか、私からすれば大聖女に選ばれてからのメイの方が不自然だった。誰よりも縛られることを嫌う貴方が真面目に仕事をして」

「あはは……一応、最低限の義理は果たさないとね」

「メイ、大好きだったもんね」

「大好き？　今でもうるさい婆さんだったと思うよ」

「ふぅん？」

「ま、まぁ……時々、無性に声を聞きたくなるけど、さ」

一応、私を育ててくれた先代の風の大聖女と約束していた。

私の成長のために彼女が費やしてくれた時間分、大聖女として尽くせと。

だから四年間、きっちりと大聖女として働いたつもりだ。

そして期間を終えたら好きにしろとも言っていた。

死ぬ前に期間を限定した理由を尋ねると、逃げ道なく強制すればお前は嫌気がさして逃げるから……だそうだ。

あの婆さん、死ぬ前からこの状況を予測してたんじゃないの？

本当に私のことよくわかっているわ。

「メイ、行先はもう決めてるの？」

「とりあえず西に、この国を離れて身を隠したいかな」

正門を通らずとも西には王都を出る抜け道もある。

私は貧民街出身なのでそういった秘密には詳しいのだ。

西側は山岳地帯となっており、人の出入りも少ないから色々と都合がいい。

西のリドルブの街を抜ければウインブル国の領土を脱出できる。

「後は風の吹くままに……って感じ」

「そっか」

仕事で国中回ったけど、国外って殆ど出たことないんだよね。

せっかく自由の身になったわけだし、色々知らない場所に行ってみたい。

「でも西方面に広がる森は、今、ちょっとした騒動が起きてるみたいよ」

「騒動？」

「獣人《じゅうじん》たちが出現したとかで、乗合馬車も止まっているとか」

「……」

獣人、今から百年前に人と争い敗北した種族。

魔法は使えないが、鋭い嗅覚や聴覚、高い身体能力という獣の特性を持つ。

彼らはかつて住んでいた土地を人間に追いやられ、現在はもっと北の寂れた場所で細々と暮らしていると聞くが……一体、何故西の森に？

「まぁ……いっか、元々馬車を使うつもりもないしね」

「普通、ここで諦める場面なんだけどね」

森を五日、西に進めばリドルブの街に着く。

それぐらいなら、歩きでもいいだろう。

「まぁメイなら盗賊だろうが、返り討ちでしょうけど。貴方は結構抜けている部分があるから、ちょっと不安もあるのよね」

「本当に平気だってば」

お嬢様じゃないのだ。野営の知識だってある。

「食料とか買い物とかしなくて大丈夫？　私が調達してあげようか？」

「いいって、いいって」

フラウに逃亡の手助けをさせることは避けたい。

私と彼女の仲がいいのは神殿では有名だし、私に協力をしたとわかれば、親友に迷惑をかける。

「途中で魔物を狩れば食料も問題もないでしょ、解体も自力でできるしね」

「た、逞しすぎるでしょ……大聖女」

少し呆れたようにフラウが言う。

私はそのへんのお綺麗な聖女とは違うのだ。自慢できることではないけどね。

「あとメイ、そんな恰好《かっこう》（聖衣）で外を出ていくつもり」

「私が遠征から戻ってきたとこでよかったわね。外で着ていた服をあげる、聖衣は目立つから、この白のローブをつけていきなさい」

「他にないからね」

「ありがと、助かるよ」

白を基調にした膝まであるローブで、フードもついているし、顔を隠すのにも適している。

（……ん、しょっ）

フラウに周囲を見張ってもらい、ごそごそと河川敷で着替える私。

「ま、そこまで背丈変わらないし、入るでしょ」

「う、でもなんか胸がつっかえて、なかなか入らな……痛いっ！　痛いって！」

「……ふんっ！」

無防備にむき出しになったお腹を、指で突いてくるフラウ。

やめて、やめてください。

「うわ……え、えっろ、え？　ちょ、い、いつの間にこんなに実ってしまったの……」

な、なんかぞわぞわする視線を感じたけど、気のせいだろう。

ここには女の子のフラウしかいないんだから、うん。

どうにか着替えが終わる。

「どうかな？」

「いいんじゃない、大聖女とか抜きにしても貴方の容姿は相当目立つからね」

「そう?」

「ええ、透き通るような青い目、完璧なシンメトリーの目鼻のバランス、サラサラとした長い青髪、染み一つないすべすべの肌、親友でなきゃ本気で嫉妬しそうよ」

「近い近い近い」

私の顎を指先でくいっとするフラウ。

「私はフラウのふわふわした金髪の方が好きだけどな、お姫様みたいで、女の子らしくて、かわいい」

「あ、あらそう……結構癖があるから、セット大変なんだけどね。でもそういってくれるなら嬉しいわ」

私の言葉に少し照れ臭そうなフラウ。

指先で髪の毛をくるくるしている。

「ま、それなら白魔導士に見えるでしょ」

「ん、これなら魔法を使っても違和感ないね」

光魔法の資質が強い者は神殿などにスカウトされるため、聖女や神官となる。

白魔導士は神殿に属さない光魔法使いの呼称だ。

主に冒険者に見られ、基本的に魔法の資質が一定値に達しなかった者が多く、聖女たちより将来性は劣るが、修練次第では能力の逆転も不可能ではない。

それに、資質があってもスカウトを蹴っ飛ばして活動する者もいる。

中には上級の回復魔法を扱う者もいるそうだ、本当に極まれにではあるが。

まぁ、とにかく何が言いたいかというと。

ド派手な魔法を使わなければ問題はないということ。

これなら安全に旅できそうだ。

「だからって油断するんじゃないわよ」

「わ、わかってるよ」

こ、心を読まれてしまった。

「メイ、あと……これを持っていきなさい」

「フラウ？」

「それなりに価値のある腕輪よ、ちょっとした私からの餞別《せんべつ》よ」

腕輪を外し私に手渡すフラウ。

中央には高価そうな魔石が埋め込まれている。

「いいの？　本当に？」

「ええ、好きに使って頂戴《ちょうだい》……まぁ困った時は売ればそれなりのお金になるでしょ」

「……じゃあ服と合わせて、借り一つってことで」

「メイ、親友同士の間に、貸し借りなんて言葉は無粋って言ったでしょ」

「……フラウ。あはは、そうだったね」

お言葉に甘え、素直に懐にしまうことにした。

「ありがとね、フラウ」

「ええ、それでいいわ。私が助けたいから助けるのよ。メイはそういうとこ、かなり気にするよね」

「性分なんだよ、仕方ないじゃん」

フラウが楽しそうに笑う。

名残惜しいが、友と別れる時間がやってきた。

「それじゃあメイ、元気でね。落ち着いたら手紙書きなさいよ！　絶対に忘れないように」

「うん！」

いよいよ旅立ちだ。


「自由に生きなさい。この国はたぶん、貴方には狭すぎる」

姿が見えなくなるまで、友の背中をじっと見送るフラウ。

大聖女という肩書きは、メイが生きる上で柵《しがらみ》になるとフラウは感じていた。

（……ん？　大聖女？）

ふと不安がフラウの脳裏をよぎった。

何か肝心なことを見落としているような気が。

何かが引っかかっているような。

（いやまぁ、心配はいらないか……逞しいあの子に限って）

しかし、そんなフランの不安は的中することになる。

森での出会い

神殿騒動から四日が過ぎた。

王都地下水道から続く抜け道をうまく使い無事に脱出に成功。

そしていざ旅へ……と、意気込んで街を出た私だったが。

腹部を押さえながら歩く私、最初の元気は消えていた。

（……うぅう、ひもじい）

ぐうう、と……何度も鳴り響くお腹の音。

王都を出て四日間、私は何も食べていなかった。

し、信じられない……こんなことがあるのか。

かつて大聖女と呼ばれたこの私が飢えているなど。

割とキャンプ感覚で森を抜けられるとは思っていたが、サバイバルを舐《な》めていたわけではない。

野営の経験もあるし、料理も人並みにできる。方向音痴でもない。

しかし……一つ大きな誤算があった。

鍛《きた》えた魔力があれば魔物も怖くない。

そう思っていたが、これこそが大問題だった。

（ま、魔物が……まったく出ない）
私を恐れて魔物が寄ってこないのだ。
聖女の魔力には聖水と同じ魔除けの効果が存在する。
私の魔力は特に強力だ。
まさか鍛えたことが仇《あだ》になるとは……何たる皮肉。
これでもかなり外に魔力が出るのを抑えているんだけどね。
この辺の魔物はそこまで強くないせいか、警戒して出てこないようだ。
いつか強力な封印具とか買わなきゃ駄目かもしれない。
（あぁう……お腹すいたなぁ）
読みが甘かった。あ、やばい……空腹で眩暈《めまい》がする。
眼前の景色が揺らいでいる。
街までもう少し、河川で汲んできた水（飲料水に浄化済）だけで凌《しの》ぐしかない。
空腹を誤魔化すように、その辺の木に寄りかかって休む。
「………むにゃ」
襲ってくる眠気、歩き続けて疲労も蓄積したのだろう。
いつの間にか、私の意識は消失していた。

暫《しば》く眠っていた私だったが、少しずつ意識が覚醒していく。

（なんだろ？　バチバチ、バチバチ……焚火《たきび》の音？）

チチ、と鳴く虫の音、肌に伝わる確かな火のぬくもり。

次《つ》いで刺激的な匂いが鼻孔をくすぐる。

食欲をそそる肉の脂の匂い……って、に、肉？

「お、お肉だってっ！」

「「「「うおっ！」」」」

がばりと飛び起きる私。

起きた時には夕方となっており、見回すと私は五人の男の人たちに囲まれていた。

全員、厚手の皮鎧《かわよろい》を着ており、年齢は三十歳から四十歳くらい。

「「「「……」」」」

急に体を起こした私に驚く男たち。

黙ったまま、お互いの視線が交錯する。

敵意は……感じない。

自分の体を見るが、特に何かされたわけでもなさそうだ。

「ねぇ、おじさんたち、だ……」

ぐうううううう！　と、自己紹介するようにお腹が鳴った。

こいつめ、なんて空気を読まないんだ。

「とりあえず……その、食うか嬢ちゃん？　もうできるからよ」

「うん！」

ぐつぐつと音を立てる黒い鍋。

肉と野菜を鍋で煮込んだポトフを木の器によそい、銀髪のおじさんが私に差し出した。

湯気があがり、熱々のそれをがつがつと口に入れていく。

とにかく胃が食べ物を欲しているので、夢中で食べる。

「ほ、本当に腹が減ってたんだな」

「ふぐ？　ふぐぃ……」

食事に夢中の私に、銀髪おじさんが話しかけてきた。

「あぁいい、話はそれ食べ終わってからで……ほれ水だ、喉に詰まるぞ」

「あ、あふぃはと」

ちょっと濃い塩味がたまらない、スプーンを動かすスピードが加速する。

神殿で出される食事って、健康に気を遣ってか味薄いのばっかりなんだもの。

まだ若いんだから、味の濃いのが食べたいよ。

あっという間に器を空にしたあと。

「ふ～生き返ったあああ！　いや～ありがとう！　最高に美味《おい》しかった！」

「そ、そいつはよかった」

この森は食べられる木の実もない。

おじさんたちに会えなかったら、解毒魔法をかけながらその辺の草を食べることになっていたかもしれない。

「本当に助かったよ……この恩は忘れないから」

助けてくれたおじさんたちにしっかりと礼を言う。

「そうかい、元気になったみたいで何よりだ」

「空腹で倒れていたのを見つけたのが俺たちでよかったな。魔物だったら死んでいたぜ」

「それは寧《むし》ろ逆なんだけどね」

「「？」」

私は魔物に登場して欲しかった。

まさか魔物が一匹も現れないとは、こんなことってあるんだなぁ。

長所と短所は表裏一体とはよく言ったものだ。

「しかし、どうしてお前さんは森の中に？　若い女が一人で倒れていたから何事かと思ったぞ」

「あ～それは」

銀髪おじさんが不思議そうに私に聞く。

さて、どう説明したものかな。

「嬢ちゃんは白魔導士……か？　自分で戦えない支援職がパーティも組まずに一人で行動するなんて危ないぞ」

じっと私の服を見つめる銀髪おじさん。

白魔導士ではなく大聖女ですが。

「……何か、事情がありそうだな」

「まぁ……ね。私、たくさんの男と不義理を重ねたらしいよ。それとパーティというか、同僚への嫌がらせもしたらしいね」

「ら、らしい？」

「ま……そういう感じで居場所を追い出されたから、単独行動してるってことだよ」

「あ～俺、嫌なこと聞いちまったか？」

「別に気にしなくていいよ、ちゃんと反撃もしたし。それに、たぶんそっちも訳ありでしょ」

「……な、なに？」

おじさんたちの私を見る視線が一瞬鋭いものに変化した。

彼らは一見普通の冒険者に見えるが、その振る舞いには違和感がある。

彼らが私を追ってきた王国騎士だとしたら、こんなのんびり会話しないし、私を助けないだろう。

では何者なのか、私には一つだけ思い当たるフシがある。

別れる前にフラウに話を聞いた、この森に潜伏している獣人のことだ。

「訳あり？　嬢ちゃんの言っている意味がわからないな？」

「だって今は夏なのに、おじさんたちは皮鎧の下に長袖の服を着ているし……」

「じ、自分だって暑そうなローブを羽織っているだろうが」

「実はこれ、耐暑の付与が刻まれているんだ、だからそこまで暑くないんだよ」

ローブを見せながらおじさんに言う。

結構通気性もいいんだよね。いい生地使っているので着心地も悪くない。

王都でフラウに会えて本当に助かった。

まぁ、ちょっと窮屈ではあるけど。

本人に言ったら、また悪戯《いたずら》されそうではあるが……。

「お、俺たちが厚着をしているのは森の中で虫に刺されたくないからだよ」

「デリケートなんだね」

まぁおかしくはない。

神殿にいる神官なんて、やたらとお肌に気を遣う男も多かったし。

虫に刺されて病気になるなんて話はざらにある。

でも……ね。

「ならおじさん、私に耳を見せられる？」

「…………っ」

「伸びた髪の毛でうまく耳の部分を隠しているみたいだけど」

「ふぅ、嬢ちゃん……」

私の発言に観念したように、大きくため息を吐くおじさん。

「わかっていても、言わないことがいいこともある。それ以上は……わかるな？」

「話題の森にいる獣人というのは、あなたたちのことだね」

「お、俺、それとなく止めたよな、なぁ?」

そんなこと言われてもね。

こういう時、曖昧にするとモヤモヤするからね。

はっきりとしておきたい。

「「ギリアムさん」」

「……ち、軽はずみに救うべきじゃなかったか」

獣人たちの視線が警戒のまじったものに変わる。

ちなみに、私と話している銀髪をボサボサに伸ばした彼はギリアムというらしい。

代表して私と話す様子を見るに、彼が獣人たちの中心みたいだ。

「大丈夫、心配せずとも他所《よそ》で言ったりしないよ、これでも口は堅い方だから……」

「それを素直に信じろってのか?」

「勿論《もちろん》」

獣人たちは険しい顔をしているが。

助けてもらっておいて、そんな恩知らずではないつもりだ。

「ち……ほれ、これで満足か?」

「おお!」

私の予想通りに銀毛が生えた獣(狼《おおかみ》)の耳が生えていた。

「ね、ねぇ……その耳触っていいかな？」

「た、助けた俺が言うのもなんだが、あまりに危機感が足りないんじゃないのか？」

「そうかな？」

一応自分なりに警戒しない理由はあるんだけどな。

「俺たちは獣人なんだぞ、迫害するお前ら（人間）を恨む奴は大勢いる」

百年前にこの国で起きたウインブル王国と獣人の戦争。

人口の増えていった人族は新しい住処《すみか》が必要となり、獣人たちの広い土地に目をつけた。

人間たちの数には勝てず、北の寂れた大地へと獣人たちは追いやられた。

当時の名残りか、敗者である彼らに対する風当たりは冷たい。

神殿にも人族至上主義の考えの人間は多かった。

人を守る法はあっても獣人を守る法はこの国にない。

獣人を捕まえて奴隷代わりに働かせる連中もいる。

だけど、両種族の優劣に確かな根拠なんてないんだよね。

「もう一度言う、俺たちは獣人なんだ」

「それは聞いたよ。だからなに？」

「な、なにって」

まっすぐな言葉を返す。

私の反応に困惑する狼おじさん。

「まさか狼おじさん、私の大切な人の仇だったりするの？」

「馬鹿を言うな。俺は人間と戦ったことはあっても、無差別に殺したことはない」

「そう、だったら別に気にしないよ」

「こ、怖くないのか？　俺たちが……」

「私、貧民街出身でね。そこでは人の恰好して暮らす獣人もいたんだ。彼らと話す機会はあったけど、別に普通だった」

「……」

世間は別にして、私個人は獣人に対して悪い感情を持っていない。

「おじさんたちは悪い人じゃないよ、だって、私が寝ている間に取らなかったでしょ……これ」

おじさんたちにフラウに貰った腕輪を見せる。

「友達がくれた結構価値のある腕輪らしいんだけど、気づかないわけがないよね？」

「「「「……」」」」

黙り込む獣人たち。

だから、きっと悪い人じゃないと思ったんだ。

「そもそもさ、危機感がどうって言ってたけど、だったらなんで私を助けたの？」

「それは……倒れている人がいたら助けようと思うだろう」

「……い、いい人すぎる」

私なんかよりよっぽど。

（それができない人って山ほどいるんだよ）

私自身、代償に大きな火の粉が降りかかるとなれば助けない。

勿論、大聖女として人々を助けてきた。

しかしそれは仕事上、あくまで先代への恩返しでだ。

すべての人々が幸せに、傷つくことない世界なんて夢物語だと思っている。

ただ、自分の本当に大切な人は自分のために守る。

辛《つら》い時に助けてもらった分はきちんと返していく。

シンプルにそれでいいと思っている。

「まったく。どうせこの森に潜伏しているのも、優しいおじさんらしい理由があるんでしょ」

「な、なな、何を言っている？」

私の問いに眉を細める狼おじさん、図星か。

「ま、聞かなくても想像できるよ。そうだねぇ、大切な仲間が捕まっているから取り戻しにきたとか」

「馬鹿な！　……な、何故それを！　……あ」

「なんというか、狼おじさん、腹芸本当に向いてないね」

反応から答えがだだ洩《も》れじゃん。

「ああそうだよ！　好きで人間の街の近くになんか来るわけないだろ！」

逆ギレして叫ぶ狼おじさん。

もう今更なのか、淡々とここにいる理由を語ってくれた。

この森の北には、狼獣人たちの暮らす集落が存在していたそうだ。

過去形なのは、運悪く西のリドルブの街の領軍に見つかり襲撃されたからだ。

必死で応戦し、どうにか女子供だけは逃がせた。

しかし戦闘で怪我《けが》をした仲間たちが捕まってしまった。

狼おじさんたちは仲間を救出するための活動を開始。

明日、鉱山奴隷として仲間が馬車で街から運ばれるという話を聞く。

で、今は彼らの奪還をするために、森に潜伏していると。

「う〜ん、大丈夫なの？」

「個人対個人の戦いなら人間なんかに負けねえよ。今回は軍と戦うわけじゃない、仲間を助けたらすぐ逃げるつもりだ」

大丈夫かなぁ……ちょっと心配だ。

情報を苦労せずに入手できた感じといい、罠《わな》の気配がするけどなぁ。

少し不安に思った私は……。

「ねぇ……狼おじさん」

「なんだ」

「ポトフのご恩です、私に何か望むことはあるかな？」

「あ？」

こういう人たちを助けられるんなら力を貸すのも悪くはない。

今更、王国や神殿連中に対する義理なんてないしね。

「ポトフのご恩て、いや、俺たちのことを黙っていてくれれば十分だぞ」

「そうはいかないよ」

黙っているのは恩返しとは言わない。

至極普通のことだし、それじゃ私は納得しないよ。

「さぁ願いを言いなさい、貴方の望みを叶《かな》えて見せましょう」

お金はそんなにないし、誇れるのは魔法ぐらいしかありませんが。

「……いや、だからな」

「ほら、誰か怪我人とかいない？　光魔法には超がつくぐらい自信があるよ、傷ついている人はいませんか？」

「いやいやいや、だからいいって！　最初からそういうつもりで助けたんじゃねえし」

「いやいやいやいや……遠慮しないで、ほら」

「いやいやいやいやいやいや」

「いやいやいやいやいやいやいやいやいや……遠慮よくない」

手を左右に何度も振り合う私たち。

だが、私とおじさん……どちらも譲らない。

「だから、いらねえっつってんだろうが！　しつこいぞ嬢ちゃん！」

「そういうのモヤモヤするんだよ！　そんなこと言わずになんか言ってよ！　怪我人とかいないのっ！　出せ！　治すから！」

「うわ、妙なところでめんどくせえぞ、この嬢ちゃん！」

「いないの？　本当はいるんでしょ！　隠すとためにならないよ！　万全の状態で明日送り出してやるから！」

「いねぇよ！　つぅか、強盗みたいなこと言ってんじゃねえ！」

静かなはずの夜の森に喧噪《けんそう》が響き渡る。

「な、なんだこれ……止めるべき、なのか？」

「そもそも喧嘩《けんか》、なのか？」

そんな私たちの様子を他の獣人たちが戸惑いがちに見ていた。

口論は平行線となり、叫び疲れて眠くなる私。

朝を迎え、明るくなったので獣人たちと別れて出発する。

「じゃあ行くからね私！　本当にいいんだね？」

「おう、とっとと行け、聞き分けの悪いアホ娘が！」

なんか狼おじさんの私に対する呼び方が雑になっている。

「仕方ない、保留にしておくから考えておくんだよ」

「まだ言ってんのか、本当にいいってのに……一回の食事で大げさなんだよ」

溜息《ためいき》を吐《つ》く狼おじさんだけど……それは違う。

「それは状況によりけりだよ。本当に辛い時……みんなと囲んで食べられる、温かいご飯はどんな黄金にも勝るから、違う？」

「それは……いや、違わねえが」

その価値はお金でなんて換算できない。

子供時代は本当に貧しかった、だから十分身に染みている。

生きる武器もない私には、その日食べるものを買うお金すらなかった。

「あ……私、今日はリドルブの街にいると思うから！　もし助けが必要になったら、私の名前を大声で叫ぶんだよ！」

「呼ばねえってーの、そんなことよりその調子で騒ぎを起こすなよ。計画が狂うから……」

諦めた顔の狼おじさん、ガシガシとワイルドに銀髪をかいた。

「道中気をつけろよ、小娘が！」

「そっちこそ気をつけるんだね！　お人よし獣人が！」

「うるせえ！　とっとと行け！」

そして私は彼らと別れたのだった。


と、そんな忠告を受けた私だったが……その二時間後。

「さぁ、来い……こっちだ女！」

「いいか……暴れるんじゃないぞ！　無駄だからな！」

「はいはい」

何故か、目の前には頑丈そうな鉄格子。

街の兵士に連れられ、牢屋《ろうや》にぶちこまれていたりする。

リドルブ騒動

時は少し遡り、ゴートゥープリズン前。
「ふぅ、どうにか着いたね」
途中危ない場面はありつつも、リドルブの街に着いた私。
自惚《うぬぼ》れや過剰な思い込みは危険だということがよくわかった。
「にしても……何年か前に来たけど、随分様子が変わったね、この街は」
閉塞感漂うというか、なんというか。
中に入る前から異様に感じたのは大きな外壁だ。
無骨な石の外壁が街の周囲をぐるりと囲んでいる。
誰かを閉じ込める檻《おり》のように頑丈な壁、こんなの前に来た時はなかったはずだけどな。
壁のせいで街の中の様子はわからないが、首を上げれば大きな山が奥に見える。
(確か、国内有数の金山が近くにあるんだっけ?)
とりあえず突っ立っていても仕方ないので。
街門にいる赤鎧を着た門番二人組に話しかける。
他に待機している人はいない、待つことなく中に入れそうだ。

「む、これは珍しいな、こんな辺境に一人で若い娘さんが来るとは」

「魔導士の娘さんは、どこから来たのかな？」

「ひ、東の方から……」

直行で来たし、まだ王都の情報などは入っていないと思うが。

一応正確な答えをぼかしておく、どもったけど。

正体を怪しまれそうなら適当に必要な買い物だけして、明日には出ていこう。

とにかくぱっぱと手続きを済まそう。

「はい、入街料の三千ゴールドね」

銀色の硬貨を数枚、ポケットから取り出す。

しかし、彼らは受け取ろうとしない。

「どうしたの？」

「へぇ……」

「ほう」

ニヤニヤと笑みを浮かべている門番たち。

やたらと視線を感じるが、何か怪しい点でもあっただろうか。

「これはよく見れば、なかなか、いや相当に」

「ほほう……うへへ、わ、悪くない」

「……なに？　さっきから」

「ああ、いや別になんでもないよ」

胸に腰に太ももに、兵士たちから突き刺さる不躾な視線。

白ローブを着て、直接体に触れられてもいないのに、不快な気持ちになってくる。

「ほら、入街料いらないの？　早くしてよ」

「ああ、すまない。確かに受け取った」

そういい、懐にしまい込む兵士。とっととこの場を離れたい。

しかし、お金を払い終えて私が街に入ろうとすると。

背後から呼び止める声がした。

「あ～お嬢ちゃん、ちょっと待ってくれ」

「なに？　きちんと手続きをしたつもりだけど」

「すまないが、近日中に街に獣人が現れるかもしれないと噂があってな」

「街に入る前に、君にも協力をお願いしたいんだ」

「協力ってどんな風に？」

まぁ、なんとなく想像はつくけれど。見るからに悪いことを企んでいる顔だ。

口から涎《よだれ》出てるし、入口を守る兵士が浮かべていい顔じゃないでしょ。

そんなに聖女の聖拳をくらいたいか？

「なぁに、君が獣人でないことを我々に証明してもらうだけだ」

「ふぅん、耳でも見せればいいの？」

「それだけじゃ足りないな、高度な魔道具などで隠す術はあるからな、全身を身体検査させてもらいたい」

「お触りは厳禁でお願いしたいけどね」

「くく、そうはいかん……我々は任務に忠実でなければならんのでな」

そう言って遠慮なく身体に伸びてきた男の太い手。

反射的にそれを軽く手で払い落とす。

「許可なく触らないでくれる？　嫌だって言ってるのがわかんないかな？　……モテないよ、そういうの」

「叩いたな？」

ニヤリと口元を釣り上げる門番。

「何言ってるの？　軽く払っただけだよ」

「いや貴様、今確かに叩いたぞ」

「ああ叩いた、俺も確かに見たぞ」

こいつら……そういうことか。

「民を守り、正義の象徴である兵士への暴行、許されることではないぞ」

「ぐひひ、こっちに来い！」

すべては予定調和と大げさに騒ぎ出す兵士たち。

我慢せずにぶん殴ってやろうかと思ったが、狼おじさんの言葉を思い出し、余計な騒ぎを起こしちゃまずいことに気づく。

流れで兵士に囲まれる私。

どうしよ……と、悩んでいる間にいつの間にか。

「暫く、ここに入って反省していろ」

「後でたっぷり、たあ～っぷり事情聴取させてもらうからな」

「ひひひ……こんなかわいい子と過ごせるなんて、夜が楽しみだぁ」

「………」

実にわかりやすい屑《くず》のセリフ。

手錠をかけられ、牢屋にぶちこまれた私だった。


いやぁ凄いよね、人生って一瞬で景色が変わるね。

これでも数日前まで大聖女だったんですよ、私。

それが今は囚人、思わず乾いた笑いが出てしまう。

「おやおや、これは可愛《かわい》らしいお嬢さんだな」

「あ……どうも」

さて、どうしたものかと考えていると。

隣の牢から、やせ細ったおじいさんが話しかけてきた。

「お嬢さんはどうしてここに？」

「入口で兵士とひと悶着《もんちゃく》起こして捕まった」

「それはまずいことをしたのう。この街では彼らこそ正義だ……逆らうものには容赦しない」

「痴漢が正義なのか……なんとも嫌な町だね。兵士の悪行なんて大なり小なり、どこでもあるけどさ」

「その年で随分達観しておるのう、お嬢さん」

「でも……ここまで堂々と酷《ひど》いのは初めてかなぁ」

悪事を隠そうともしない。上にばれても問題ないのだろうか？

もしくは組織全部が腐っているのか。

ここまで酷いと知っていたらわざわざ来なかったな。

ま、獣人たちの作戦が終わった頃合いを見て脱出すればいいか。

「この町の近くにはメッザリア鉱山という王国有数の金の採掘所がある」

「それは知ってるけど……どうしたの急に？」

「まぁ聞くといい。こうした鉱山の採掘作業は大変なものだ。粉塵《ふんじん》漂う洞窟内での厳しい肉体労働、病となるものも多い。その労働力として借金を負った者や奴隷たちが集められる」

「ええと、手っ取り早くそいつらを抑えるのに、あの粗野な連中が集められたと」

「そういうことだな」

ここの兵士は元冒険者や傭兵《ようへい》崩れが多いそうだ。

なかには野盗まで混じっているとか。

「でも、以前来た時は街の雰囲気も明るかった気がするんだけど」

「領主が死んで代替わりしてからだな。馬鹿息子がやりたい放題だ。苦労せずに育った権力ある豚ほど迷惑なものはない」

「それは……同感かな」

よくある話だが、巻き込まれる方はたまったもんじゃない。

「アンタも可哀《かわい》そうにな。だが今の領主は好色だ。あんたみたいな美人なら捕まっても、最後までちゃんと可愛がってもらえるはずだ」

「それは……あんまり安心できない情報だなぁ」

男は顔だ……という気もないけど。

知らない男に無理やり抱かれるなど誰だってごめんだ。

「ちなみに、おじいさんはどうして牢に入ることに？」

「ワシの顔を知らんのか？　食い逃げのエスケといえば賞金首で、国内でも有名なはずだが、聞いたことないか？」

「う～ん、聞いたことないかな」

「なるほど、お嬢さんは若いしな。ジェネレーションギャップか」

おじいさん、そんなに大物だったの？

「まぁワシはいいんだ、捕まったのは自業自得だしな。老い先短い身だ。だが皆が皆、ワシのように罪を犯したわけではない。ここに捕まっている者は半分近くが冤罪《えんざい》だ。領主に連れ去られかけた妻や妹を守るために立ち向かった男だったり……とな」

「……そっか」

「見ていると、なんとも世知辛い気持ちになるよ。裁かれるべきものが裁かれずに、笑っているのだからな……」

少しだけ、悲しそうな顔を浮かべるおじいさん。

獣人のおじさんたちは大丈夫だろうか？　無事仲間を取り戻せただろうか？

そろそろ作戦の時刻になっていそうだけど。


メイフィートが牢屋にいる中、地上では。

「準備はいいか、お前ら」

「ええ、絶対に助けましょう！　ギリアムさん！」

「当然だ！」

作戦打ち合わせを終え、俺たちはリドルブの街に潜《ひそ》んでいた。

獣人特有の高い身体能力を活かせば、街の高い外壁も乗り越えられる。

鉱山に向かう前に必ず、仲間を乗せた馬車は街の西通りを通るはずだ。

他に馬車の通れる大きな道はない。

強い決意を胸に、仲間の運ばれる馬車を待つ。

(待っていろよ、今すぐに人間どもから助けてやるからな)

「……人間、か」

「ギリアムさん？」

「いや、なんでもない」

人間といえば、昨日助けた白魔導士の娘は無事に街に着いたのだろうか？

こんな時にふと、別れた不思議な少女を思い出した。

ローブのフードの下には神秘的で美しい少女の顔。

そんな彼女が険しい森に一人。

あまりの場違いさに深い事情があるのだろうと思い、放って置けずに助けた。

まぁ話してみると、神秘さなんてものは吹っ飛んだが。

変な女の子だった。とにかく変だった。

悪い子ではなさそうだが……癖が強いというか、とにかく変だった。

獣人に対しての忌避感もない。あんな人間は初めて会った。

空気を読まずに、ズケズケとこっちの内情に踏み込んできた。

喧嘩もしたが……どこかまっすぐで、不快ではなかった。

巻き込まれないよう、街に閉じこもって余計な騒動を起こすなと言ったが……。

あの性格だ、素直に言われた通りにしてくれているか少し心配だ。

そういえば、別れる前に何かあったら名前を叫べと言われたが……。

(名前も聞いていないぞ。なんとも間抜けな)

少女のことは一先ず置いておき、再び意識を目の前に集中。
息を潜めてじっと馬車を待ち、十分が経過した頃。
（……来た、あの馬車だ）
あの中に大切な仲間たちがいるはずだ。
通りには兵士の姿も少ない。騒ぎを聞き駆けつけてきても十分逃げられるはずだ。
すぐにでも仲間を助けたいが、はやる気持ちを抑える。
まだだ、もう少し、もう少し近づいたら……今だ！
待機している仲間たちにハンドシグナルを出す。
仲間と一斉に襲撃、馬車を護送していた兵士たちが気づくが遅い。
「きゃあああああっ！」
「な、なにごとっ！」
俺たちの登場に、街の住人たちの悲鳴が木霊《こだま》する。
剣を抜き、兵士が迎撃態勢を整える前に拳で昏倒《こんとう》させる。
命大事と判断したのか、残った兵士が逃げていく。
退却判断が早い、その様子が少し気になったが、とにかく早く仲間を救出する。
「お前たち、助けに来たぞ！」
馬車の中に入ると、捕らえられた仲間たちの姿。
暴れないように食事に睡眠薬でも入れられたのか、気絶していた。

とにかく無事に生きていてくれて安心した。

しかし、安堵《あんど》したのも一瞬のことだった。

救出作業を進める間、外を見張る俺を馬車の中から呼ぶ声。

「ギ、ギリアムさん、大変だ！」

「どうし……こ、これは」

仲間の焦った声に振り返る。

それを見た俺は頭に一瞬で血が昇り、怒りで我を忘れそうになる。

（あいつら！　なんて酷いことをしやがる！）

捕まった仲間の体、小汚い服の下に隠れるように、首に嵌《は》められていたのはネックレス型の爆破の呪具だった。怒りに拳を震わせていると。

「くふふ、ふははははは！」

「「「「っ！」」」」

聞こえてきたのは小ぶりで太った男の高笑い。

首や手には金製品の派手なアクセサリーをジャラジャラと。

「あぁもう、考えていたことが全部うまくいくと、本当に気持ちがいいなぁ、ひひひ」

街の領主リエールと、何十人という兵士が馬車にいる俺たちを囲んでいた。

兵士は気づかれないよう民家の中に潜ませていたらしい。

「仲間の救出に成功したと思ったか？　間抜けどもめ、移動情報をリークしたのも、すべてはお前たちを誘うための罠だったんだよ、ふははは」

「…………」

「やはり獣人は単純だな。どんな強靭《きょうじん》な肉体を持っていても、使えなければ意味がないな。やはり大事なのはここだよ、ここ、くくく」

呆然としている俺たちを小馬鹿にするように。

頭をトントンと叩く、リドルブ領主のリエール。

起死回生を狙い、領主のリエールに狙いを定めて俺は飛びかかろうとするが。

それを制するように武装した兵士が前に現れる。

「おっと、おかしな真似《まね》はするなよ、あまり私の機嫌を損ねないほうがいい。お仲間の呪具の起爆など、私の気持ち一つで容易なのだからな、首を吹き飛ばされたくなければ大人しくすることだ」

「くっ！」

「まぁ、そうがっかりすることもない。お前たちが素直に従うなら、彼らにもお前たちにも何もせんよ」

「……なに？」

「私はお前たちが襲ってきたことに対して微塵も怒っていないのだ。本当に仲間思いだなぁと獣人たちの絆《きずな》に感激しているくらいだ」

ハンカチを取り出し、目元に当てるリエール。

わざとらしく悲しむ素振りをする。

「本当に嬉しい、いや結構結構、おかげでまた素晴らしい労働力が手に入った」

「き、貴様という男はどこまで腐っているんだ！」

「お前たち獣人には死ぬまでしっかりと働いてもらうぞ……くはははははは！」

「くそっ！　くそおおおおおっ！」

（これじゃあ俺たちに最初から選択肢なんて……）

ギリリと歯ぎしりをする。

悔しさで拳を地面に叩きつける俺たちを、リエールが勝ち誇った顔で見つめていた。

睨みつける以外に抵抗できず、兵士たちに仲間と共に連れられて行く。

「暫く下で大人しくしていろ、呪具が用意でき次第お前たちも、鉱山に送ってやるからな」

そのまま地下牢へ。ガチャンと鉄格子の鍵がしまる。

（こ、こんな結末なんてありかよぉ）

絶望感に涙が出そうになる。

自力では決して外せず、外そうとすれば首から上が吹っ飛ぶ。

あまりにも非人道的な凶悪な呪具。

仲間を救えず、自らも捕まり、無力感に何度も何度も壁を叩く。

その拳から血がしたたり落ちようともおかまいなしに。

（何故だ、どうしていつもこうなんだっ！）

俺たち獣人はただ普通に暮らしたいだけなのに。

贅沢《ぜいたく》な暮らしなんて望まない。ただ仲間と笑っていられたらいい。

何故アイツらは俺たちを放っておいてくれないのか。

俺たちが何をした？　お前らを傷つけたりしたか？

先の戦争で人間に敗れた俺たち。

人間は肥沃な大地に住み、俺たちを追いやり、まだ足りないのか？

まだこれ以上何かを望むのか。

奪うのか？　……何度も何度も俺たちから大切なものを。

(俺たちにだって心はあるんだ！)

自分たちだって石を投げられたら血が出るだろう、痛いだろう？

なのに、どうして俺たちの気持ちがわからないんだ。

「くそ、くそおおおおおおっ！」

「やめなって、それ以上したら、骨が折れるよ」

「うるせえ！　てめえには関係ねえだろうが、知ったような顔で……え？」

耳に入ってきたのは聞き覚えのある声。

「やぁやぁ……」

「……な、お、まえ」

正面の牢屋から気さくに挨拶してくる。

「また会ったね、狼おじさん」

　今朝喧嘩（？）別れした、変な少女がそこにいた。

「な、なんで……嬢ちゃんがここに」

　再会した狼おじさんが指を震わせて私に向ける。

「ふふふ、たいした理由はないよ、ここ（牢屋）で待っていれば貴方たちと会える。そんな予感がしたから」

「い、嫌な予感じゃのう」

　私の隣の食い逃げおじいさんがボソリと突っ込む。

「いやまぁ、本当は門番たちと一悶着あったからなんだけどね」

「俺、あれだけ騒動を起こすなと言っただろう！」

「いや、何もしてないのに向こうが勝手に捕まえようとしてきたんだよ！」

　どうしようもない、不可抗力だ。

　寧ろ、あそこで暴れなかっただけ褒めて欲しい。

「さて……その様子だとおじさんたちは失敗したみたいだね」

「…………ぐ」

　でなきゃ牢屋になんて来ないしね。

「あいつらっ……大切な仲間の命を人質に取りやがったんだ！」

「爆破の呪具なんて持ち出しやがって！　チクショウ！」

獣人たちが悔しそうに叫ぶ。やっぱりそんな感じか。

どう考えてもおじさんたちを誘《おび》き出す罠だったもんね。

「呪具……か」

「そうだ、少しでも領主に逆らう意志を見せればアイツらは死んでしまう」

「はぁ……ま、こうなる想像はしていたけど」

ため息混じりに呟《つぶや》く私。

「私は言ったでしょ、おじさんたちはいい人すぎる……って」

「あ？　な、なんだよ……それ」

ギロリと狼おじさんが顔を上げて私を睨みつけた。

森で私を助けてくれた時の、狼おじさんとのやり取りを思い出す。

「なにって、そのままの意味だよ……人の悪意を、狡猾《こうかつ》さを、甘く見た結果だよ」

「ふざけるな！」

大きな声で叫ぶ狼おじさん。看守が近くにいないからいいものの。

「俺たちが悪いってのかよっ！　間抜けだってのか！」

「間抜けだね」

「じ、じゃあ嬢ちゃんは毒でも人質でも、勝てば何をしてもいいってのかよ！　どんな卑怯《ひきょう》なことでも許されるってのか！」

「許す、許さないなんて全部、おじさんたちの価値観上での話でしょ」

「っ！」

「手段を問わず、結果だけを求める者もいる。そのためには、どんな残酷なことだってできる人間もいる」

そういった理不尽に立ち向かうには武器が必要だ。

だけど、中途半端な武器なんて肝心な時に役に立たない。

「でもね……悪くはないよ」

「……え？」

「狼おじさんは今のままでいい……うぅん、今のままでいて欲しいかな」

「じ、嬢ちゃん？」

にこりと彼らに微笑《ほほえ》む。確かに間抜けなお人よしかもしれない。

だけどそんなあなたたちだから私を助けてくれたんだ。

それは、愛すべき愚かさだ。私は……そんな彼らが嫌いじゃない。

「それとね……まだ、絶望するのは早すぎるから」

ゆっくりと立ち上がる私、拘束する鎖がじゃらりと鳴った。

「嬢ちゃん無駄だ、その鎖は獣人の力でも……ましてや非力な白魔導士に」

「よいしょっと」

「「は？」」

腕に力をこめると、バキリと金属の砕ける音がした。

聞こえないはずの音が聞こえ、ポカンとする獣人たち。

鉄の鎖が壁から引きちぎられ、自由になった手で鎖を握りつぶすと、パラパラと鉄の破片が落ちていく。非現実的な光景に唖然《あぜん》とする獣人たち。

「な……ななな、なんで、獣人の力でもちぎれない鎖がこんな簡単に」

「支援魔法で筋力を強化してちぎっただけだよ」

「ば、馬鹿なっ！　その鎖を付けられた者は魔力を流せなくなる！　魔法なんて使えないはずだぞ！」

「この程度の拘束具、私には無意味だよ」

これでも元大聖女だ。どれだけの呪いや封印具と向き合ってきたか。

そのまま、牢屋の扉を無理やり腕でこじ開け外に出る。

まだ戸惑っている獣人たちの前に立ち、手をかざして回復魔法を展開。

迸《ほとばし》る光が優しく狼おじさんたちの身体を包み込んでいく。

「あ、温かい……手の傷が、塞がって」

「……ん、よかった」

これで問題ないね。

「さて、狼おじさん……もう一度、聞くよ」

「え？」

「温かいポトフのご恩です。私に何か望むことはあるかな?」

森での問いを再び。

返ってきたのは、一度目とは違う言葉だった。


さぁいくぞ、プリズンブレイク。

ドカアアアンと、強烈な爆破音が建物内に轟《とどろ》く。

「な、何事だっ！　この大きな破壊音は」

「大変ですっ！　地下牢で脱獄が起きましたっ！」

「な、なにいいいいいっ！」

牢屋の見張りの門番を気絶させ、地上へと飛び出る私たち。

私も獣人たちと一緒に仲間の救出に参加することに。

ご馳走《ちそう》してくれた恩を返す時がきたのだ。

仲間の獣人が街を出たのは一時間前、今から急げば十分に追い付けるはずだ。

「止まれ、止まれえええ！」

「死ぬ気で捕まえろ！　もし逃がせばリエール様に何を言われるかわからんぞっ！」

逃がすまいと兵士たちが追ってくるが……。

「「貴様ら、待てえええええっ！」」

「馬鹿なこと言ってやがる」

「そんなこと言われて誰も止まらないよね」

狼おじさんの言葉に同意する。

レッツ強行突破。全速で駆け抜け、立ち塞がる兵士を倒し、あっという間にリドルブ西の街門へとたどり着く。

慌てて兵たちが槍《やり》を構えるが、獣人たちには関係ない。

戦闘態勢を整える兵士たちを無視して……大きく跳んだ。

「ひやっほおおおおおおおおお！」

「馬鹿！　喋《しゃべ》るな、舌を噛むぞ嬢ちゃん！」

私の支援魔法により、獣人たちの身体能力は何倍にもなっている。

ちなみに私は、狼おじさんの背中におんぶされている。

獣人たちは器用に爪を石の隙間にひっかけ、軽快に壁の上によじのぼる。

そのまま、ピョンと飛び降り着地する。

野生動物を思わすしなやかな動きで、乗っていても衝撃を殆ど感じなかった。

「素晴らしい動き。やはり狼おじさん……なかなかいい筋肉してますね」

「や、やめろ、撫《な》でるな……」

「あはははは」

「まったく、こんな非常時でも嬢ちゃんの調子は変わんねえな」

くすぐったそうな顔の狼おじさん。

そのまま金鉱山に続く山道を走り、馬車を全速力で追う。

「しかし軽い、なんだこれ……自分の身体じゃないみたいだ」

「人間たちはズルいな、こんな便利な魔法を使っているなんて」

共に走る獣人たちから魔法に対する感嘆の声。

どうやら支援魔法を体験したのは初めてのようだ。

獣人たちは魔法を使えないし、人と関わらずに生きてきたなら無理もない。

「まさか、こんな簡単に街を脱出できるとは……」

「嬢ちゃん、ありがとう！」

獣人たちが私に礼を言う。

「まだお礼を言うのは早いよ、本来の目的を果たさないとね」

「ああ、勿論だ」

「今度こそやってやりましょう！　ギリアムさん！」

「おう！」

希望を取り戻した獣人たち、その目には活力が戻っていた。

「だが嬢ちゃん……爆破の呪具の解呪など、本当に可能なのか？」

「大丈夫、心配いらないよ」

「解呪って、魔法の資質が相当ないと無理なんじゃなかったか？」

「……何が言いたいのかな？」

狼おじさんが訝《いぶか》し気に私を見る。

「拘束具を引きちぎったことといい……本当に何者なんだ、嬢ちゃんは」

「通りすがりの白魔導士です」

「…………」

うん、この顔は完全に信じてないね。

「知りたいなら、後で言ってもいいけど、たぶん信じないと思うよ」

「どういうことだ？」

「ま、いいじゃん……ほら、それより速度落ちてるよ、今は他にやることあるでしょ」

「と、やべ」

前を向く狼おじさん。

会話はそこまでにし、全速力で山道を進んでいく。

そしてついに救出目標の馬車が見えてきた。

本日二度目の仲間奪還作戦を開始、今度こそ失敗は許されない。

「ば、馬鹿な、何故貴様らがここにっ！」

「リエール様に牢屋へ連れて行かれたはずだぞ！」

捕らわれた獣人たちが、再び現れたことに兵士は驚愕と動揺を隠せない。

馬車が止まり、兵士たちが慌てて武器を構える。

しかし、獣人たちとの戦力差は明らかだ。

街の時と違い今度は伏兵もいない。完全に馬車は包囲されている。

一度、安心しきったあとの油断をついた襲撃なのも大きい。

「無駄な抵抗はやめろ！　大人しくしていれば殺しまではしない」

狼おじさんが叫ぶが、嘲《あざけ》るように兵士の一人が笑う。

「くく、くくく……馬鹿が、殺さない？　どこまで頭がおめでたいのだ」

兵士の手には隠し持っていた爆破の呪具の起動スイッチ。

「獣人ごときが偉そうに、貴様らは何も学習しないのか？　お仲間がどうなってもいいのなら、構わんがな」

「……領主がアレだと、末端まで腐っているな」

「なんとでも言え、勝てばいいんだよ」

包囲したとはいえ、まだ切り札はあるようだ。

とはいえさすがに二度目、当然この状況を私たちは予想していた。

自分たちの戦闘力を上回る獣人たちを運んでいるのだ。

抑止力として呪具の起動装置を彼らが領主から預かっている可能性は十分にある。

狼おじさんを一瞥《いちべつ》すると、私に合わせるように頷いた。

私は魔力感知を発動させる。

（爆破の呪具と起爆スイッチを繋ぐ、魔力経路の位置を確認、そして……ええと、ええと）

解呪魔法には色々と準備が必要だ。魔力消費が大きいのはまだしも、効果の全体化となると展開に時間がかかるのが欠点だ。

全員同時に解呪しないと、兵士たちに警戒される。

下手に急いで失敗するわけにはいかない。ここは確実にいきたい。

「ところで白ローブを着た女、貴様は何者だ。獣人ではなく人間だろう。何故、獣人の味方などをする？」

「旅の縁がありましてね」

時間を稼げるのは好都合なので適当に兵士と会話をする。

「まぁ私のことはいいよ。それより兵士さん、忠告だけど獣人を刺激しすぎない方がいい」

「なに？」

「人質を取って心を追い詰める。あなたたちのしていることは諸刃《もろは》の剣でしょ、もし獣人たちが自暴自棄になったらあなたたちは殺されるよ」

「はは……できるはずもない。仲間思いのそいつらにはな」

まぁ、そうだろうね。純粋で優しい愚かで愛《いと》しい方々だから……。

でも、ここはしっかりハッタリを利かす場面だ。兵士に舐められてはいけない。

少しでも彼らを動揺させるために、私は嘘をつく。

「あはは……ぬるい、あまりにも考えがぬるいなぁ、兵士さんたち」

「なんだと」

「じゃあ、なんで彼らは街の外に出てこられたの？　説明できる？」

「……そ、それは」

ここにきて私の言葉に戸惑う兵士たち。

「それはね、あなたたちの領主リエールが死んだからよ！」

「な、なんだとっ！」

「出鱈目《でたらめ》を言うなっ！　小娘っ！」

勿論大嘘である。

「……え？」

「じ、嬢ちゃん何を言って……」

「ど、どうして、そんな酷いこと言うんだよっ」

こら、君たちまで驚いてどうする。本当に腹芸のできない人たちだな。

黙っているよう、獣人たちを手で制する私。

「君たちが馬車で街を離れた後、ここにいる彼らによってリエールは殺されたんだ、無惨にね。自分たちが捕まったら、どうせ全員助からない。鉱山奴隷として死より苦しい思いをするかもしれない。ならば……と」

「「「……」」」

「ま、誰だって、追い詰められたら何をするかわかんないってことだよ、だから悪いことは言わない。抵抗はやめて素直に装置をこっちに渡した方がいいよ」

スっと手を前に出す私。

「で、でで、出鱈目を言うな！」

「貴様の発言が真実であるという証拠はない……はずだ」

素直に頷《うなず》きはしないが、疑念はぬぐい切れない兵士たち。

殺された証拠もないが、殺されていない証拠もないのだから。

「ま……どうでもいいけどね」

「「は？」」

急に会話を中断した私にキョトンとする兵士たち。

話はここまでだ。準備完了。

『ディスカース・オール』

強烈な光が迸り馬車の中を包み込む。

「なんだ、この強烈な光はっ！」

「そ、そんなっ……起爆装置がひび割れて……！」

落ちてボロボロになった起爆装置を見て呆然とする兵士たち。

これで無事に解呪完了……と。

「ま、まさか、女……貴様が呪いをっ！」

「うん、そうだよ」

無警戒でいてくれてありがとう兵士たち。

「あ、あああ、ありえんっ！　光魔法でも特に難易度の高い解呪魔法を、しかも全員同時にだとっ」

「し、白魔導士にできる所業ではないぞっ！」

悔しそうに歯ぎしりをする兵士たち。

「ご丁寧にお喋りに付き合ってくれてありがとうね」

「さ、さっきの話は解呪魔法のための時間稼ぎかっ」

「そういうこと。二度同じ失敗するわけないじゃん。これで、人質はいなくなったね」

「おのれえええっ！　……ぐはっ！」

「黙って大人しくしていろ」

上から狼おじさんに押さえつけられ、苦しそうな声を出す兵士。

悔しそうな顔で素直にお縄につく。仲間を縛っていた呪具も壊した。

後は眠っている獣人を起こして追手が来る前にここを離れるだけだ。

「お、俺、たちは……」

「こ、ここは？　採掘所じゃ……ない？」

「ウルス、ガイア！」

目覚めた仲間たちと感動の再会をし、無事を喜ぶ獣人たち。

感極まり互いに抱きしめ合う。捕まっていた獣人たちはまだ意識が朦朧《もうろう》としているが、少しすれば元に戻るだろう。

「じ、嬢ちゃん……」

「狼おじさん？　どうし……ふぇ？」

がばりと私を抱きしめる狼おじさん、その目から雫《しずく》が私の首筋に落ちた。

「……う、うう」

「もう、大の大人が泣くなんてみっともないよ」

「な、泣いてねえ！　泣いてねえぞ俺は！」

「……ん、そうだね」

敢えて顔は見ない。娘ぐらい年の違う私に泣き顔を見られたくないと思うから。

「……捕まって、絶望してっ！　本当に、もう駄目だと思ったんだっ！　このまま、いいように使われて死ぬだけだとっ！」

「……」

「ありがとうっ！　ありがとうっ！　本当にありがとうっ！　ああくそっ！　それしか言葉が浮かばねえよっ！」

「……ん」

狼おじさんが、落ち着くのを待つ。

ぽんぽんとその大きな背中を叩く。これじゃどっちが年上かわかんないね。

捕まっていた獣人たちにも礼を言われた。

横に並んで全員で左右の拳を突き合わせる仕草。

どうやら獣人がお礼をする時のポーズらしい。

さぁ戦おうぜ……って勘違いされそうだな。

「俺たちは、この恩は絶対忘れないからな」

「いいって、いいって、気にしないで……」

ひらひらと手をふる私。

「そうはいかねえよ、嬢ちゃんはこれから大変だぞ。俺たちに手を貸したんだ、指名手配されるかもしれないんだぞ」

「別にいいよ、そんなの」

「な、なんでそんなに軽いんだよ、逆にこっちが心配になるぞ」

「そうは言ってもね」

別に現状を理解していないわけではないのだけど。

「今更小さい罪状が一つ加わってもなぁ……」

「そっか……ん？　なんか今、凄いこと言わなかったか？」

元々王族への暴行罪で追われている身だしね。

「これからどうする？　村の皆との合流地点までは少し距離があるが」

「さすがに街は通れないだろう、山道を回避して北に向かうか？」

相談を始める獣人たち。

「嬢ちゃんはこのあと、どうするんだ？」

「……そうだね、私は」

この後の行動を話していると、狼おじさんの耳がぴくぴくと動いた。

「なぁ、なんか妙な音が聞こえないか?」

「そう?」

私の耳には聞こえないが、獣人たちは人間よりも耳がいい。

「俺の、気のせいか?」

「いえギリアムさん、やはり聞こえます。翼のはばたき音……か? こちらに近づいて」

その言葉の直後、上空から黒い影が差す。

反射的に空を見上げる私たち、そこにいたのは……。

「見つけたぞ、貴様らあああ!」

「あれはまさか……リエール!」

三頭の飛竜《ワイバーン》として飼い慣らされたワイバーンと、それに騎乗する兵士たち。

鎧を着た兵士に混じって、一人この場に似つかわしくない格好の男がいた。

小太りで派手な服を着て叫んでいる。あれがこの街の領主らしい。

「あいつら、ワイバーンまで飼っていやがったのか!」

狼おじさんの声に焦りが混じる。

高速移動可能なワイバーンに乗って追ってきたようだ。

まさか、この短期間で追いつかれるとはね。

「よくも俺の街で好き放題やってくれたな。ゴミどもがあああっ!」

脱獄した私たちに、領主様はかなりお怒りのようだ。

「よくもよくもっ！　ゆゆゆ、許さんぞおっ……しかも、苦労して手に入れた爆破の呪具まで壊されるとはっ」

額に血管を浮かびあがらせた領主のリエール。

そのイラつき具合が、この身にはっきりと伝わってくる。

ギロリ、と憎しみを込めた視線を私に向ける。

「白ローブの女、貴様がやったのか！　まさか解呪魔法を使える者が、獣人の味方をするとはな！　馬鹿な人間もいたものだ」

「人間とか獣人とか……主従揃《そろ》ってごちゃごちゃうるさいなぁ、別に私は獣人の味方をしたつもりはないいんだよ」

「ならばこの状況はなんだというのだ！」

今更言い逃れをするつもりか？　とリエールが叫ぶ。

「獣人だから力を貸したんじゃない、気に入ったから力を貸しただけ。加えて言うとあなたたちがかなり不愉快だったから」

「生意気な女だ。お前は我が愛玩人形として死ぬまで可愛がってやる、女として生まれたことを後悔するぐらいにたっぷりとな」

舌なめずりをするリエール。露骨で下種《げす》な視線にゾワリと鳥肌が立つ。

最近の私の男運、酷すぎないだろうか？

「お断り、そんなことになるなら、今すぐに自決した方がマシだよ」

「頭の悪い女め……獣人たちよ！　いくら自由になったといっても、ワイバーンには勝てまい！

我が支配化に置かれるのであれば、命だけは助けてやるぞ、無論仕置きはさせてもらうがな」

「ふん、俺たちも嬢ちゃんに同意だ。貴様に再び捕まるぐらいなら死んだ方がマシだ」

そうだそうだ、と他の獣人たちも狼おじさんに同調して叫ぶ。

「ち、どいつもこいつも……ならばもういい。利用価値のない獣どもにこれ以上興味はない！

……全員纏《まと》めて死ね！」

『『ギュアアアア‼』』

領主の傍に控えていた二頭のワイバーンが咆哮《ほうこう》をあげ、動き出す。

体長三メートル近いワイバーンの体、離れていてもかなりの迫力がある。

「嬢ちゃん……俺たちが盾になって時間を稼ぐ、その間に逃げろ」

「何馬鹿言っているの？　……狼おじさん」

嫌に決まっている。なんでそんな後味悪いことしなきゃいけないの。

「頼むから今だけでも言うことを聞いてくれ！　俺たちは嬢ちゃんに死んで欲しくないんだ！」

「や、やべえぞギリアムさん！　火炎ブレスがくるっ！」

「……くそ、逃げる時間もないのかよっ！」

ワイバーンの口に集まっていく膨大な熱エネルギー。

火球が直径一メートルに達したところで、空から解き放たれる。

獣人たちを庇うように一歩前に出る私。

「じ、嬢ちゃん馬鹿！　俺の前に出るなっ！」

「大丈夫……本当に心配しなくていいよ」

「……じ、嬢ちゃん？」

「おじさんたちは私がちゃんと守るから……」

すでに目前に迫っているブレスだが。

「死なないよ……たかが、ワイバーンの攻撃じゃ」

勢いよく飛来した火球が地面に着弾。轟音《ごうおん》と同時に巨大な炎が円状に広がる。

「くくく、ふふ、ふははははっ！」

リエールの笑い声が山道に木霊する。

舞いあがる土塊《つちくれ》、もくもくと煙が上がっていく。

「全員纏めて焼け死んだか！　俺に逆らうからこうなるのだ馬鹿め！　ふはははは！」

「楽しそうに笑うね」

「……は？」

煙が晴れる。そこには半透明の光のバリアに包まれた私たちの姿。

「いやぁ、機嫌が直ったようで私はとても嬉しいよ、領主様」

「な……あっ」

戦慄するリエール。彼の予想は完全に外れ、私と獣人たちには傷一つない。

「ば、馬鹿な、ああああ、あり得んっ！」

「いくら防御に長けた光魔法とはいえ、無詠唱の防御魔法でブレスを防ぐとはっ！　並の白魔導士の所業ではないぞ！」

動揺した兵士たちも次々と叫ぶ。

「あ、あの女は一体……リエール様？」

「……あ、あ」

何故かこっちを見て黙ったままのリエール。

様子が少し妙だ。攻撃を防がれたのとは別のことで動揺しているような。

目を見開き、震えた指で私を指す。

「そ、その姿……俺は見た覚えがあるぞ！」

「は？　何言……げ」

頭の上が妙にさっぱりしていることに気づく私。

「水のように淀《よど》みなく流れる青髪、深海を思わせる透き通る青の瞳……そうだ、あれは確か」

今のブレスで正体を隠すフードが外れてしまった。今更被るももう遅い。

「本来ここにいるはずのない女……だが、間違いない。俺は昔、王宮で貴様をこの目で見ている！　その特徴的な容姿は忘れようもない！」

爆風までは完全に止められなかったか。ちょっと余裕でいすぎた、反省だ。

心配してくれたのに、ごめんよフラウ。

「風の大聖女メイフィート！　貴様が何故獣人たちに協力しているっ！」

身バレしてしまった、完全に。

「だだ、だだだ、っだだ、大聖女？」

「こ、この嬢ちゃんが……う、嘘だろ？」

領主の言葉に、獣人たちが一斉に振り向き私を見る。

紛れもない事実でございます。

「マ、マジなのか嬢ちゃん……リエールの言っている話は」

「本当だよ、狼おじさん。私の言動から薄々感づいていたかもしれないけど」

「い、いや、ぜ、全然微塵も……欠片《かけら》すら想像もできなかったぜ」

そうですか。まぁ巧妙に隠していましたからね。

そう思うことにしよう、異論は認めない。

でも魔法の異常さに気づいたなら、もう少し疑ってもいいと思うんですがね。

「てか、なんで大聖女がお腹空《す》かして森で倒れてんだよ！」

「仕方ないでしょ！　大聖女だってお腹は減るんだよ！」

「わ、わけがわかんねえ。だが、納得した部分もある。呪具を破壊したし、今のブレスを完璧に防いだ防御魔法も……少し前に嬢ちゃんが話した、言っても信じないって話はこういうことか」

「まぁね」

別に狼おじさんたちになら話してもよかったが。

さすがに、話の密度が濃すぎて信憑性《しんぴょうせい》に欠けると思った。

「まさか、俺の領地に逃げてくるとはな！　風の大聖女！」

領主が興奮した声で叫ぶ。

「あれ？　領主さん、その感じだと私の事情知ってるの？」

「ワイバーンに乗って飛び出る直前に王都から緊急の手紙が届いたぞ、貴様が大聖女資格をはく奪されたこと、イクセル殿下をアッパーカットし、傷を負わせたこと……もろもろの経緯が記載されておったわ！」

ご丁寧に説明してくれる領主様。

「な、なにしてんだよ、マジで……」

こっちを見て、ちょっと引き気味の狼おじさん。

事情があるんですよ。にしても、思ったよりも情報伝達が早かったね。

「くくく……だが、悪くない。この状況は悪くない」

何故か、含み笑いをするリエール。

「ここで貴様を捕まえたとあれば、その功績は大きい。それこそ獣人の命などよりな！」

「いやぁ、欲を出すと碌《ろく》なことにならないと思うよ」

「ほざけ！」

手紙に書いていなかったのかな？　何故私が王都を脱出できたのか。

すでに正体がバレてしまっているわけで、ここからは能力をセーブする理由もない。

抑えていた魔力の一部を体外へと解放。

『『ギ、ギイイイッ！』』

「お、落ちつけっ！」

「な、なんだワイバーンの様子が……」

聖女の魔力を魔物は忌避する。

ワイバーンが最初から逃げなかったのは、元より強力な魔物なのが一点。

そして私が魔力を抑え込んでいたからにすぎない。

「な、なにをしている！　……いいから、いけ、お前たち！」

「「はっ！」」

戸惑いながらも、兵士の騎乗した二体のワイバーンが空から急滑降してくる。

この状況でも従うワイバーン。とてもよく調教されているようだけど。

『『ギュアアアア……ッ！』』

「ちょっと大人しくしようか」

私がすっと前に伸ばした左右の手。

二体のワイバーンの口元を支援魔法で強化した手で押さえこみ、突進を止める。

「おいたを許すのは二回まで……わかるよね？」

『『ギッ！』』

笑顔で脅すように告げると、ぶるぶると体を震わすワイバーン。

力量差を悟ったようだ。威圧していた魔力を引っ込めると……。

『ギュ♪』『ギュオ♪』

腹を見せて服従のポーズを取る。

地面に背中をこすりつけるワイバーンたち。

「うん、いい子、いい子」

「ぐはっ！」「や、やめっ！」

そのままワイバーンの回転に巻き込まれ、巨体に潰される騎乗していた兵士たち。

「ええい、お前たち何をしてっ！　な……何故ワイバーンが、あの女のいいなりに！　て、ちょっと待……ぐおおおおおっ！」

『ギュオ♪』

僕も僕も……と領主の騎乗したワイバーンも地面に来て降伏のポーズを示す。

空から放り出されて落っこちるリエール。

ズンと衝撃音がしたあと、鼻血を出しながら立ち上がる。

「魔物は本能に正直だから強い奴に従う。まぁこれは一度調教されてるのもあるけど」

「おのれ、おのれ、おのれえええええっ！」

ダンジョンにいる野生魔物だと、さすがにこう簡単にはいかない。

「おのれ、まさか……最後の切り札を使うことになろうとはな」

「しつこいな領主さんは……いい加減諦めなよ。まだ何かあるの？」

リエールが懐から黒く光るひし形の石を取り出した。

「あれは……まさかっ、悪魔の召喚石かっ！」

「ほほう、さすが元大聖女……よく知っているな」

召喚石は異界の存在を呼び出す。形と色合いを見るに悪魔の召喚石だ。

出てくる悪魔のランクによっては面倒臭い相手になるかもしれない。

リエールが地面に召喚石を叩きつけると、中から黒い煙が飛び出てきた。

「来い、俺の願いを叶えろ悪魔よ！　我が命に従い、こいつらを皆殺しにするのだ！」

リエールを止める間もなく、私たちは事の推移を静かに見守るしかない。

問題は呼び出された悪魔がどの程度の格かということ。

男爵級、子爵級、伯爵級……と、人間の貴族と同じように悪魔には階級が存在する。

さすがに最高位の公爵級となれば私でも楽観できる相手ではない。

注視しながら状況を見守る私たち。

黒煙はモワモワと動き続け、宙をさまよい、なかなか安定化しない。

悪魔は人の形を形成しようとしているが、思うようにいっていないようだ。

『足らん……足らんぞ、全然足りん』

「？？？」

悪魔の声が黒煙の中から聞こえてくる。

『我が力を形成させる、我が実体化するための、血肉が、供物《くもつ》が、まったく足りん……』

供物が必要？　これは予想以上の大物かもしれない。

「狼おじさんたち、何が起きてもいいように、私の後ろに下がって……」

「あ、ああ……すまない」

通常の悪魔は顕現の際、動植物を取り込むが、私の前にいる悪魔は違う。

大量の血肉を必要としているということは、それだけ強力な悪魔だということだ。

「くははは……なんだ、そんなことか」

悪魔の声に、勝ち誇った顔でリエールが笑う。

「好きに持っていけ、ここにはいくらでも貴様の望む供物が存在するのだからな！」

リエールが私たちを見て大きく笑う。

『そうか……では』

まずい……来る！　臨戦態勢をとらなければ。

『いただくぞっ！　貴様の身体をなあああ！』

「「「……え？」」」

リエールの身体に黒い煙が纏わりつき、呑《の》み込んでいく。

「や、やめろ馬鹿、俺ではな……ぐおおおおおっ！」

悪魔に襲われて苦悶の声をあげるリエール。

（……そ、そっちに行くの？）

メキメキ、パキポキと音がする。光景があれなので擬音で可愛く表現してみた。

悪魔の血肉となり、完全に沈黙するリエール。

そこには完全に別の存在となった生物がいた。

「ふうぅ……」

「ほんの一瞬で、とんでもないダイエットに成功したものだね」

ついにこの世界に顕現した悪魔。

黒い執事服にネクタイ、血のように真っ赤な髪。

見ただけで吸い込まれそうな怪しい魅力を持つレッドアイズ。

人間離れした整った容姿、その背中には六翼の黒い悪魔の翼。

翼の数から判断するに……間違いなく最上位の格。

(よりによって、公爵級か…………面倒な)

「くく、一体何百年ぶりの顕現だろうか、我は悪魔公爵グレモリアス！　最高位悪魔の一柱なり！」

ご丁寧に自己紹介するグレモリアス。

「さぁ願いを言え、お前たち！」

「「…………」」

バサリと翼を広げ、鋭い目つきでこちらを見て声で叫ぶ。

「どうした？　黙りおって、我が圧倒的な力をもっていかなる願いも叶えてみせるぞ！　まぁ、我が力を貸すのだ、代償として汝《なんじ》らの魂と引き換えにさせてもらうがな！」

「いや、あの……ないんですけど」

「……あ？」

キョトンとした顔の最高位悪魔。

「願いがあったのは、悪魔さんが受肉しちゃった方なんだけど」

「え？」

「……え？」

なんとも言えない沈黙が場を支配した。

ど、どうするの、これ？

召喚された悪魔が願いを聞く前に召喚主を殺してしまった。

まさか、こんな戦いの決着を迎えるとは思っておらず。

「「「……」」」

悪魔と私たちの間になんとも気まずい空気が流れていた。

いやどうするの？　本当にこれ。

「ま、まぁいい……こんなアクシデントもある」

「そ、そう……そうかな？」

あんまりないと思うけど。いやまぁ、そっちがいいなら別にいいけどね。

「えと、それじゃあ、私たちはやることあるんで……」

目の前の悪魔を無視して、撤収の準備を始めるが……。

「待て娘、どこに行くつもりだ」

さすがに無視はできなかったようだ。

「なに？」

「あ～ごほん。あれだ」

軽く咳払《せきばら》いをしたあと、悪魔グレモリアスが口を開く。

「それならそれで臨機応変に動けばいいだけのこと。代わりに娘が願いを言えばいい」

「いや、別に願いとかないんだけど」

「なに？」

その言葉を聞いてぽかんとした顔の悪魔。私変なこと言ったかな？

「そんなわけがない。素直になるのだ娘、人は心の奥底に巨大な欲望を飼っている、生まれながらに欲のない人間など存在せん、素敵な彼氏が欲しいでも、億千万の富でも、なんでもいい……思い浮かぶことはいくらでもあるだろ」

「でも、魂取るんでしょ……」

「無論だ、ただ働きなど真っ平ごめんだ」

だったらいいよ、代償が大きすぎるよ。

なまじ悪魔の格が高い分、その見返り要求も大きい。

「一応聞くけど、狼おじさんたちはどうする？」

「え、遠慮させてくれ」

ぶんぶん大きく首を振る獣人たち。

数時間前なら、悪魔の誘いに乗りかねない状況だったが、今は仲間も救出したあとだ。

「そういうわけで、せっかく来ていただいたのになんですが、異界にお帰りくださいⵈⵈ悪魔さん」

できるだけ刺激しないように、丁重にお帰り願う。

「そ、それは困るぞ！　せっかく久方ぶりにこっちの世界に遊びに来ⵈⵈいや、このまま何もせずに帰っては最高位悪魔の誇り高きプライドに傷がつく！」

「ねぇ今、遊びがどうとか言わなかった？」

「ⵈⵈ気のせいだろう」

悪魔は対象と契約を交わさねば、この世界に存在することができない。

肉体を手にいれてもいずれは無散してしまう。

原理はよくわからないけど、世界の強制力的なものが働くと聞いた。

「悪いけど、何度聞かれても返事は変わらないよ」

「娘、あんまり我を怒らせない方がいいぞ、あまり強情なら強引な手段をとらざるを得ん」

「逆切れ反対なんだけど」

また剣呑《けんのん》な空気に。結局この悪魔と戦闘は避けられないのだろうか。

「でも、そっちがやる気ならⵈⵈ仕方ないか」

「ほう、我に勝てるつもりか、娘ⵈⵈ」

「来るなら、こっちも全力で受けて立つよ」

「じ、嬢ちゃん」

睨み合う私と大悪魔、緊迫感が周囲の空気を包む。

互いの濃密な魔力が交じり合って、空間に充満していく。

異常を感じた獣たちが逃げていく音がした。

「「……」」

互いに視線を切らさない。三十秒ほど睨み合いが続いただろうか。

「一つ聞く。娘、貴様………本当に人間か？」

「どういう意味？　人間に見えないかな？」

「我にはわかる。貴様から漂う気配は人のそれとは違う、そもそもただの人間の器にそれだけの魔力は収まらん。何故だ？　我の本体と同等の格を貴様から感じる。大聖女と呼ばれていたようだが……ふむ」

グレモリアスがここで威圧を解く。

「やめておく……割に合わん」

「……そ」

「「はあああっ！」」

無散していく互いの魔力、緊張が解けて獣人たちが安堵の息をはいた。

「じゃあ、大人しく帰ってくれるんだね？」

「いや、それとこれとは話は別だ」

あのさぁ……それだと堂々巡りなんだけど。

顎に手を当てて考えるグレモリアス。

「本来、人間風情に提案などせんのだがな」

「何を言っても一方的な契約なんて結ばないよ」

「ならば、互いに利のある話ならいいのだろう？　汝の事情は把握している。随分苦労しているようだな、大聖女よ」

「………………」

リエールの肉体の記憶をこの悪魔は読み取ったらしい。

「まったく人間というのは面白い、汝のような優秀な者が消えていき、愚者ばかりが残っていく。それでいてこうして世界は回っているのだから……」

「種族評論はいいよ、早く本題に移ってくれないかな？」

「せっかちな娘だな」

一呼吸おいて、グレモリアスが口を開く。

「単刀直入に言おう、我が汝に提供する利は……時間だ」

「時間？」

「そうだ。汝は今、国から追われている身なのだろう」

「え、まさか……事件が起きる前に、時を巻き戻すことができるとか？」

「いかに我とはいえ、流動する時を操作することはできん。そのような世界そのものに干渉する真似をすればこの世界を創った神も黙っていまい」

「……」

まぁ、もしできたとしても私は頷かないだろうけど。神殿に今更戻りたくもない。

「我が言いたいのは時間を稼ぐことができるという意味だ。現時点で大聖女がこの街に来ていることを知っているのは、そこで気絶している兵士たちだけ、我は魔法で奴らの記憶を消すことができる」

「記憶消去って、そんな消したい記憶だけ消せるの？」

副作用で人格に影響とか出てこないのかな？

学習した言語とか忘れたらとんでもないことになるんじゃ。

「指定記憶部分のみを消去するのは難しいが、記憶消去は今を起点に時間を遡って消す。数時間前の出来事なら支障も出まい」

「……なるほど」

私はついさっき兵士たちに正体を知られた、今なら対処できるということか。

記憶操作は精神魔法でも相当に難しい部類に属する。

使用できる者など私は聞いたことがなかったが、さすがは公爵級悪魔ということか。

「獣人たちの騒動に関する記憶まで、となると時間的に難しいがな。すでに街の兵士全員に周知されているようだし、無理に消そうとすれば全員アッパラパーになること間違いなしだ」

アッパラパーって。伝えたいことはわかるけどさ。

「それと多人数に一斉にかけるのは難しいな。かなり緻密な魔法制御が求められるゆえに、一人ずつでなければ記憶を消せない」

「つまり、この場の人間だけならまだしも、街で今日の騒動を見聞きした住民の記憶を丸ごと……となると不可能と」

「そういうことだな」

纏めると、今回の事件そのものを隠蔽することは難しい。

ただ、私の正体に関する部分だけはうまく消せると。

「だけどさ、彼らの記憶を消したとして、領主不在は色々怪しまれるでしょ、どう誤魔化すつもり？」

領地経営諸々の仕事もある。いずれ国の大きな捜査が入るだろう。

「とりあえず、そこの獣人どもが領主を殺したことにすればいい」

「そんな酷いこと、冗談でも言うものじゃないよ」

「「……え？」」

どうしたの、狼おじさんたち？　なんでこっちを見るの？

「いや、それで嬢ちゃんに恩を返せるなら……俺は」

「私が嫌なんだよ、そういうのは……幸せになってくれないと、助けた意味がないでしょ」

「嬢ちゃん、嬢ちゃんは……ずるいっ！」

バン！　と力強く私の肩を叩く狼おじさん。え、なに、なんなの？

「うぅ、不意打ちばっかりしやがって」

「ちょっ！　……き、急に泣くのやめてっ！」

そういうの一番反応に困るんだよ。

感極まったのか、目をゴシゴシする獣人たち。

「いや、そもそも領主を殺したのは私でも獣人でもなく、そっち（悪魔）でしょ」

グレモリアスをはっきりと指さす私。

なに普通に獣人に罪を擦《なす》り付けてるのか。

「ふむ……だったら少しサービスするか」

「サービス？」

「見ていろ……ぬうおおおおおおっ」

突然、叫び声をあげる最高位悪魔。メキメキと骨が軋《きし》み肉体が変質していく。

翼が消え、悪魔の姿から形を変えていく……そして。

背の高い細みのイケメンから小太りの領主へ。

「「リ、リエール！」」

「どうだ？　完璧だろう？」

しかも着ていた服まで見事に再現している。

「受肉したベースの肉体形状は記憶している。我が領主を演じれば、領主の死亡を隠すことも可きる。汝の足跡も辿《たど》られん。これで文句はあるまい」

「だ、大丈夫なの……会話とかでバレたりしない？」

「記憶も引き継いでいる、あの男の会話パターンはなんとなくわかる」

まぁ、深く追及されなければ誤魔化せなくもない……のかな。

リエールには親しい親族もいないらしいし。

「確かにこれなら、私たちが逃げる時間稼ぎはできそうだね。で、そっちは何を望むの？」

「我の目的は地上への滞在、汝の魔力を定期的に貰えればそれでいい、無論それも干からびるまで寄こせとは言わん」

「……それでいいの？」

少し拍子抜けではある。

「汝の魔力は濃く強い、魂の契約などなくてもそれで現世に滞在することができる」

「私の魔力って魔物は嫌がるっていうけど、大丈夫なの」

「そこらの低レベルな魔物と我を一緒にするなよ、ベースは人間の体なのだ、拒否反応など出やせん」

「なるほど……悪くない話な気はするけど」

「いかんせん悪魔の住む世界は暇でな。魔力も濃いし、腹も減らないから、食事も不要でとにかく娯楽がない……刺激に満ちた地上とは大違いの退屈な世界だ」

別段悪事を企んでいるわけでもない。

ただ、こっちで普通に生活したいとのことだが……。

「なんか悪魔さん、親切すぎない？」

「親切にしたつもりはないが、強いて言うなら汝に興味が湧いた、見ているだけでも退屈はしなさそうだ」

「…………」

この悪魔、一体どこまで本気か。

魔力の波長に揺らぎはない。動揺は一切感じない。

（なんか……本当にマジっぽいんだよなぁ）

現在の契約条件に不満があるわけでもない。考えて結論を出す。

「ま、まぁ……わかったよ」

「交渉成立だな」

内心抵抗はあったものの、差し出された手と握手することに。

悪魔と手を組む聖女ってどうなんだろ？　もう今更か。


「さて……それじゃ出る準備をするかな」

「嬢ちゃん、もうここを離れるのかよ」

「うん、グレモリアス、後片付けは任せてもいいんだよね？」

今も気絶している兵士や放置されている馬車を見ながら言う。

「それは構わないが……」

グレモリアスが時間を稼いでくれるけど、あまり長居するのもまずいしね。

この街にも大聖女に関する情報が入ってきていた。

ちょっと寄り道したけど、早く国を離れるようにした方がいい。

「もう遅いと思うぞ、西方面の国境にもすでに手配書が回っているらしい」

「……え、ほ、本当に？」

領主の記憶を読み取ったグレモリアスが言う。

王国側の動きが早い。相当怒らせたようだ、馬鹿王子たちを。

こ、困った、どうしたものか。どこに向かえばいいのか。

今更王都に引き返すわけにもいかないし。

「ねぇ、追っ手に悩まされることなく、平和に暮らせる場所はないかな？」

「それを我に言われてもな」

逃亡者として暮らすのはしんどい。

何かに脅《おび》えながら暮らすなど性分的にも合っていないし。

グレモリアスの庇護《ひご》があるこの街で隠れて生活することもできそうだけど。

それでも、見つかるリスクはあるわけで。

「狼おじさんたちは以前住んでいた集落の方に戻るの？」

「いや、さすがにな」

彼らの集落は北にあるって聞いたけど、領主軍に襲撃されて今はない。

「俺たちはそこからもっと北へと、移住しようと思っている」

「……もっと北、つまり」

「そうだ、山脈越えをして、人も獣人も誰も知らないとされる未踏の地へと向かう」

確かに更に奥地まで入れば敵も追ってこないだろうけど。

何があるのか、どんな魔物がいるのか、人の暮らせる場所なのかもまだ不明。

（……ふむ）

ここで一つの考えが浮かぶ。

北の地は王国の人間のまず来ない場所、確かに身を隠すには最適ではある。

「狼おじさん……あのさ」

「なんだ、嬢ちゃん？」

「私が一緒に行きたいって言ったら、やっぱり困る？」

「なに？」

この感じだと、王国全土に包囲網が敷かれていることだろう。

一時的に身を隠すため、北の地に向かうのは悪い決断じゃない。

ただ、問題はあまりにも未知数というところだが。

狼おじさんは、一瞬だけキョトンとした顔を浮かべたが。

「はは、困るわけねぇだろ、大歓迎だ！」

迷うことなく返事してくれた。他の獣人たちも賛同するように頷く。

け、決断が早いな、嬉しいけど。

「あのさ、私から言っといてなんだけど、わかってる？　一応私はお尋ね者の大犯罪者なんだよ」

「だからなんだ！　人間だろうが、大聖女だろうが、犯罪者だろうがどうでもいい！」

ど、どうでもよくはないと思うけど。

「ただ、どんな危険な旅になるかは、わかんねえぞ」

「それは余計な心配だ、獣人よ。この娘が一緒で問題が起きるはずがない。御守り代わりに連れていくのはいい判断だ」

「い、いや、俺はそんなつもりないぞ！」

悪魔の言葉に、慌てた顔で私を見る狼おじさん。

「ち、違う、違うぞ。嬢ちゃん！」

「わかってるよ……グレモリアス、ちょっと空気読もうか」

そんな打算で動く人じゃないもんね。

水を差すグレモリアスに注意する。

ありがたいことに獣人たちの賛同は貰えた。改めてどう行動するべきか考える。

人の街に潜み、常に追われるストレスを感じながら暮らすのか。

新しい地に向かって冒険してみるか。

不思議と決断に時間はかからなかった。迷った時はワクワクする方を選ぶと決めている。損得勘定に拘《こだわ》ってつまらない生き方だけはしたくない。

「うん、決めた。行くよ……私も、狼おじさんたちと！」

「「「「おお！」」」」

嬉しそうに獣人たちが咆哮をあげる。

行こう！　北の大地に！　これまで大聖女として国に縛られて生きてきたんだ。こんな大冒険があってもいい。

「方針は決まったか、なら道中の食料の準備ぐらいはさせてもらうぞ」

「ありがとう、グレモリアス」

「気にするな、それよりも我との約束を絶対に忘れるなよ」

「と、そうだった、そうだった」

確か私の魔力をグレモリアスに譲渡するんだったね。

「どうするの？　そのまま魔力をその体に流せばいいの？」

「ああ、それと……できれば、汝がつけてる腕輪を借りることはできないか？」

フラウから貰った腕輪を指さすグレモリアス。

「嵌められた魔石に汝の魔力を流せ、すぐには戻ってこれんのだろう？　貯蔵魔力があるにこしたことはない」

「一応、大切な腕輪なんだけどな」

「それに、この腕輪があれば我と連絡をとりあうことができる」

「そんなことができるの？」

「我は思念波を使うことができるからな、腕輪と汝の魔力を繋いでおけば大まかな居場所はわかる」

本当凄いね、グレモリアス。さすが公爵級悪魔。

まぁフラウからは困ったら腕輪を売ってもいいと言われている。

金銭なんて辺境に行けば必要なくなる。

抵抗がないわけではないけど、そういう事情であれば……。

「わかったよ、そういうことなら」

「話は決まったな」

未知への冒険だ。できる限りの手はうった方がいい。

「そうだグレモリアス、領主になるなら、可能な範囲で牢屋に捕まっている人を助けて欲しいんだ」

「む？」

冤罪で捕まっている人たちがいると聞いた。

いきなり領主の人格が変わったと怪しまれない範囲で解放してもらいたい。

お節介かもしれないけどね。

「面倒だが……まぁいいだろう」

「助かるよ、それと……もう一つだけお願い、手紙を届けて欲しい人がいるんだ」

北に向かえば、簡単には戻ってこられないだろう。

領主に変身できるグレモリアスの協力があれば、内容の検閲などもされにくい。

容易にフラウに手紙を届けられるはずだ。

閑話　ポチ

深夜、人の寝静まった暗闇の支配する時間。

王都東の大森林ではチチチ、と虫の鳴き声が響いていた。

今宵《こよい》は綺麗な満月、最も魔物たちの動きか活発化する日だ。

因果関係は不明だが、月光を浴びた魔物は何故か狂暴になることが多い。

だが、普段なら魔物はびこるその森は異常と言ってもいいほど静かだった。

大森林の一角、切り立った崖に集まるシルバーウルフやブラックウルフといった魔獣たち。

皆、その中心にいる圧倒的存在感を放つ獣に脅えていたからだ。

全身を包み込む汚れない純白の体毛、遠目であれば白狼と見間違いそうだが、近くで見ればすぐに別の生き物だと気づくだろう。

体長十メートルを超える狼など、おそらく彼以外には存在しないのだから。

「ふぅ……今夜もいい風だね、気持ちいい」

「「ワオオオオン！（そうですね、ボス！）」」

「やっぱり数か月に一度は、こうして月の光を取り込まないと落ち着かないんだよね」

「「ワオオオオン！（そうですね、ボス！）」」

「そうかい、そうかい……君たちもそう思うかい」
魔獣たちを従えて月光浴を楽しむ巨大狼。
大聖女メイフィートの大親友であり、ポチと呼ばれている。
『アオオオオオオオオオオン』
「「「ワオオオオオン」」」
ポチの声に共鳴するように吠える魔獣。
（まったく……不便な世の中になったもんだ）
昔と比べて人の増えに増えたこの世の中、遠吠《とおぼ》え一つ出すのも気を遣う。
町中だと大きな声を出すわけにもいかないしね。
別に人間なんかどうでもいいし、配慮する理由もないんだけど。
騒がしくして、注目を浴びるのは好きじゃない。
そんなことをして、あの子《メイ》に迷惑をかけたくもない。
風のように掴みどころがない少女、僕の大親友だ。
気取らず、構えず、自然体で、一緒にいるだけで心が温かくなる。
あの子の傍にいるのは、ただそれだけで心地いいと思える。
異形の存在である僕に会った人間の反応は大抵が二つに分かれる。
この力に脅え震えるか、薄っぺらい笑顔を浮かべ近づき利用しようとするか。
だけど彼女はどちらでもなかった。

長く生きてきたけど、そんな人間を僕はこれまで知らなかった。

「ん〜、十分リフレッシュできたし、久しぶりにメイに会いたいな」

「「「「ワオオオオン！（行っちゃうんですか？）」」」」

「うん、君たちには悪いけどね」

この森に月光浴に来たのは今から十日ほど前。

僕は別に彼らの主を気取っているつもりはないんだけど、肉体に刻まれた遺伝子が騒ぐのか、こういった森に来ると自然と崇《あが》められる。

僕がいなくなると知り、寂しそうな顔をする狼たち。

ここで何を思ったか、一匹のブラックウルフが妙なものをくわえて僕の前に運んできた。

「ワオン！（ボス、これを……お受け取りください）」

「なにそれ……て、人間？」

ウインブル王国の鎧を着た兵士だった。気絶しているようだけど。

珍しいな、こんな森の奥まで人間が来ているなんて。

何か探し物でもしていたのだろうか？

「ワウ！（旅の餞別です！）」

「……いや、いらないよ、こんなの」

「ワ、ワオン（そ、そんな……頑張って捕まえたのに）」

「ま、まぁ……気持ちだけありがたく受け取っておくよ」

とりあえず、狼たちに森の入口に戻しておいてと伝えようとしたところで。

「うん？　なんだこれ？」

「ワフ？（ボス？）」

僕は兵士が手に紙を握りしめていることに気づく。

妙に気になった僕は、大きな爪で破らないよう、ゆっくりとくしゃくしゃの紙を開く。

紙に記載されていたのは……。

＊＊＊＊＊＊＊＊＊＊＊＊＊＊＊
・大聖女メイフィート（元）
・年齢18才　性別　女
・懸賞金　十億ゴールド（DEAD　OR　ALIVE）
※王族への傷害事件を起こした超凶悪犯につき
※居場所など、情報提供者には金一封
＊＊＊＊＊＊＊＊＊＊＊＊＊＊＊

妙に凶悪そうに描かれた親友の似顔絵で……。

「なに、これ……」

「「「ワ、ワオオオオン！（ひいいっ！）」」」

「なんだよ、これは……」

わなわなと震える声。

体中から迸る怒気に、森が一斉にざわめいた。

3 北の地へ

リドルブでの獣人救出騒動の翌朝。

人間に見つからないよう、街の外で野営していた私たちのところに、グレモリアスが長旅に必要な物資を届けてくれた。

「ありがとと、本当に助かるよ」

グレモリアスに礼を言う。

「ギブアンドテイクだ、気にするな」

「誰にも怪しまれないように、自然な感じで行動するんだよ?」

「我を誰だと思っている。任せておけ」

大丈夫かな? まぁ……今は彼を信じるしかないか。

「汝こそ、気をつけて行けよ」

「私が心配? 昨日と言っていることが違うけど」

「念のためだ。汝がいなくなると我はこの世界で生きていけんのでな」

「言葉だけ切り取ると、恋人同士みたいで嫌だなぁ」

しかも相手はリエール(領主)の姿なのがなんとも。

そんなグレモリアスと別れ、リドルブの街を出発する。

獣人たちと森を進み、山中を北へと移動していく。

最終目的地は人の手の及ばない北の大地だが、まずは狼おじさんの集落の仲間たちとの合流ポイントへ。

救出にむかった狼おじさんたちの帰りを待っているそうだ。

移動開始から三時間が経過した頃。

「嬢ちゃん、大丈夫か？　少し休むか？」

「平気……今のペースで大丈夫だよ」

「そうか……地面、ぬかるんでるから気をつけろよ」

狼おじさんが私に手を差し出す。

大自然での移動は、私よりも獣人たちの方が圧倒的に慣れている。

それもあってか、何度か心配して声をかけてくれる。

「大丈夫、支援魔法込みの身体能力なら狼おじさんよりも私の方が高いよ」

「ワイバーンの突進を止めたぐらいだしなぁ、だけどそれって一時的なものじゃないのか？　長時間強化を維持できるのか？」

「これぐらいのペースなら、一か月かけ続けても平気だよ」

「そ、そうか」

どう反応したものかと、ポリポリと頬をかく狼おじさん。

「でも心配してくれてありがと、そういうのポイント高いよ、狼おじさん。か弱い女の子として見てくれるのはね」

「あ？　……なんだそりゃ」

「ふふふ、照れているね」

「うぜえ」

反応に困っている狼おじさん。

そんな顔を見ると、妙にからかいたくなるから不思議だ。

「あ〜しかしなんだ。まさか、マジックバッグを貰えるとは驚いたな」

「そうだね」

私の肩にかかる茶色の鞄《かばん》を見て、狼おじさんが言う。

朝、グレモリアスが身軽な格好で現れたから怪訝《けげん》に思ったけど、手に持っていた物を見て納得した。

マジックバッグは領主リエールの秘蔵コレクションから拝借した一品。

空間魔法が付与された鞄で、中は亜空間に繋がっており、大量の荷物を持ち運びできる。

荷運びする商人などが喉から手が出るほど欲しがるアイテムだ。

容量無制限とはいかないが、持ち主の魔力量によって収納量が変化する。

私の魔力であれば相当量の荷を詰め込める。

鞄の中には大量の水や調味料、食料、衣類などが入っている。

おかげで荷を運ぶ馬車を用意する必要もなく、険しい道の移動も可能だ。


順調に移動は進み、お昼になった。

日陰となる場所に腰を下ろし、狼おじさんと談笑しながら携帯食を食べる。

「しかし……話には聞いていたが凄いな嬢ちゃんの魔力は、本当に魔物が出ない」

「まったく、困ったもんだよ」

はぁ、と大きくため息を吐く私。

「ふ、普通……喜ぶとこなんじゃないのか」

「そうかな?」

「いや、どう考えてもそうだろ、おかげでここまでの移動が楽すぎる」

おじさんが突っ込む。普通に考えたらそうかもしれない。

好んで魔物に会いたいとは思わないよね。

「でも万能じゃないよ。昨日のワイバーンみたいに強力な魔物なら無視して突っ込んでくると思うよ、気をつけてね」

「お、おう」

私の言葉に気を引き締める獣人たち、油断は大敵である。

「このペースなら、夕方には仲間との合流ポイントに辿りつけそうだ」

指定時刻になって誰も戻らなければ、作戦失敗だと思えと、伝えてあるそうだ。

仲間の獣人たちは今も帰りを待ちわびていることだろう。

「そういえば、狼おじさんって、家族はいるの？」

「ああ、妻と娘が一人な」

「へえ……娘さんかわいい？」

「愚問だな、目に入れても痛くねえぐらい可愛い」

「ふぅん……ほぉう」

「だからって、本当に試そうとするなよ？」

しないよ、そんなこと。私をなんだと思っているのか？

とにかく娘を可愛く思っているらしい。

「もしかして、森で倒れた私を助けたのは娘さんを重ねていたり？」

「いや、それは微塵もねえな、まだ小さいし、嬢ちゃんほど豪胆な性格じゃね……って、痛えよ、何すんだ！」

狼おじさんの背中を背後から指でつつきまくる私。

そんな二人の様子を何故か、他の獣人たちが生暖かく見ていた。

「ところで、嬢ちゃんは大聖女だったんだよな？」

「なに突然？」

「いや、聖女のトップなら国の機密に触れる機会もあっただろうと思ってな。北の地について、一般に知られていない情報とかないのか？」

昼食を食べ終え、移動を始めて間もなく狼おじさんがそんなことを聞いてきた。

「う〜ん、知っていることはそんなに多くないよ」

無論、過去に北の地に王国から調査隊が送られたことはある。

だが、誰一人戻ってきた記録はないのだ。十分な物資を持ち、当時の優秀な人材を選抜し、安全マージンを十分にとっていたにもかかわらず。

危険性からか、ここ数十年は調査を諦め、王国から隊は派遣されていない。

「人間たちの失敗理由について、嬢ちゃんはどう考える？」

「魔物に食べられたか、単純に遭難したか、この二つでしょ」

「真っすぐな答えだな」

「まぁそうだね」

「だが人間たちも慎重に準備をしたんだろう？　魔物はともかく、何度も遭難というのは少し妙だな」

「妙でもないよ、離れたここからでもわかるくらい、濃い瘴気を北から感じるんだよね」

奥にそびえたつ巨大な山を指さす。

瘴気は色んな存在の魔力が混じりあったもので、濃いと強力な魔物が発生しやすくなる。

「濃密な瘴気（魔力）は人の方向感覚を狂わせる。北の山はその異常な死亡率から、王国の人間からは人喰い山と呼ばれているくらいの超危険地帯だよ」

「ひ、人喰い山……か」

不安な顔になる狼おじさん。こんな話を聞かされれば無理もないだろう。

「そんな顔をしないでいいよ、私は獣人のおじさんたちなら山を越えられると思っている。魔力の存在しない獣人なら変に惑わされることもないから」

「そ、そうか」

魔力を感知できないことがメリットになる。

「その、人間の嬢ちゃんは……大丈夫なのか？」

「ま、私もそういった場所には職業上、慣れているしね」

良くも悪くも修羅場はくぐっている。魔物については言うまでもないだろう。


夕方になり、無事に合流場所にたどり着いた。

三十人を超える獣人たちが狼おじさんたちの帰りを待っており……。

「……あ、あなたああああっ！」

「お前！」

「よかった、無事でよかったああ！」

救出された獣人が、次々と家族との再会を果たす。

抱擁《ほうよう》し、涙を流し互いの無事を喜びあう。

「パアアアアパアアアアアアアア！」

「ルーフィイイイイイイィ！！！」

銀髪が背中まで伸びた、五歳ぐらいの女の子がこっちに駆けてきた。

このルーフィって女の子が、狼おじさんの娘さんか。

目がぱっちりしていて、おじさんと違い髪の毛もサラサラだ。

将来美少女になることが確定していそうな容姿。あ、あんまり似てない。

無事再会し、気持ちも落ち着いたところで。

「嬢ちゃん」

「……うん」

狼おじさんが皆に私のことを紹介してくれる。

最初は温和な空気だったが、白ローブのフードをとると皆の目が一気に険しくなった。

「ににに、人間っ！」

「ギリアムさん！　どういうつもりだ！」

「なんで人間の女がこんなところにいるんだよ！」

当然というか、私（人間）を見て敵意を抱く獣人たち。

「落ち着けお前たち……この子は敵じゃない、それどころか」

「「「？？？」」」

狼おじさんが頑張って説明をしてくれる。

敵ではないこと、仲間の救出に手を貸してくれたこと。

こんな格好をしているが私が元大聖女であること。

ここにきた経緯などを、丁寧に伝えていく。

そして十分後。

「さっきは本当にごめんね、助けてくれた恩人に嫌な態度をとってしまって」

「いいよ、いいよ……事情は理解しているから」

何度も謝られ、どうにか皆の警戒心も解けたので野営の準備を始める。

ちなみに隣で料理しながら私と話しているのは狼おじさんの奥さん。

短剣で器用にシュルシュルとじゃがいもの皮をむいている。

名前はフィリアさんといい、狼おじさんと同じ狼獣人。

獣耳を除けば、見た目は恰幅のいい宿屋の女将さんって感じだ。

「たいしたお返しはできないけど、せめて腕によりをかけてご飯を作らせてもらうよ」

「それは楽しみ。あ、足りなければこれも使って」

マジックバッグから取り出した、レッドミノタウロスの赤身肉をドカリと地面に置く。

「「「「お、おおお、お肉だああ！」」」」

お肉を見て、獣人の子供たちがキラキラと目を輝かせる。

ふふふ、喜んでくれてなにより。

「あと、これとこれも出しておこう」

「ちょ、い、いいのかい？　こんなにたくさん食料を貰って？」

「いいよいいよ、そのつもりで準備してきたんだから、人数も一気に増えたしそれだけじゃ足りないでしょ。今日ぐらいはパ〜ッとやろうよ」

十分な食糧をマジックバッグに詰めてある。ついでに中のお酒も出しちゃおう。

旅するうえで節約は大事だが、今日ぐらいは再会を祝して贅沢してもいいと思う。

改めて獣人たちにお礼を言われる。

それから、フィリアさんと雑談していると……。

「あの、お姉ちゃん」

「……ん？」

いつの間にか、小さな手が私のローブの裾を引っ張っていた。

狼おじさんの娘さんだ。

「えぇと、ルーフィちゃん……だっけ？　どうしたのかな」

「私もお姉ちゃんとお話したい」

「……え、えぇと」

「聖女様も旅で疲れているだろう？　料理は私たちに任せて、ゆっくりしていておくれ」

「わかった。それじゃあ、向こうでお話しようか」

「うん！」

せっかくなので、お言葉に甘えることにする。

嬉しそうに、とてとて走っていくルーフィちゃん。ちょっと転びそうで怖い。

「えへへ、お姉ちゃんは凄い聖女なんだよね？」

「違うよ、元聖女だよ」

「もと？　皆を助けてくれたんでしょ、聖女様って傷ついた人を助けてくれる存在ってパパから聞いたよ」

「うん、だけどね……えぇと、なんていうかな。他の人間に聖女じゃないって言われたから」

「ちょっとよくわかんない」

「う～ん」

五歳児に説明するのは複雑な事情、どう伝えたらいいものか。

「パパを助けてくれて、皆を助けてくれて、こんなに優しいお姉ちゃんが聖女じゃないなら、聖女ってなんなの？　……わっ」

「ん、よしよし」

細い髪を優しく撫《な》でるとルーフィちゃんが驚く。

「やっぱり……パパの娘だね、ルーフィちゃんは」

「⁇　……えへへへ」

くすぐったそうに、陽だまりのような笑顔になるルーフィちゃん。

狼おじさんと顔は似ていないけど、どことなく純真で温かくて。

少しだけ眩《まぶ》しく感じてしまった。

ルーフィちゃんと、パパとの出会いとか色々話していると、あっという間に夕食の時間になった。

夜の森の中、焚火を中心に輪になるように私たちは座る。

獣人たちに囲まれて不思議な感じがする。

ちょっと前までの自分じゃ想像もできない光景、だけど……なんだか悪くない。

焚火の上で音をたてる美味しそうな鍋。全員に飲み物の入った木のコップが配られる。

食事の準備も終わり、隣の狼おじさんが立ち上がる。

「誰一人欠けず、またこうして集まれたことを嬉しく思う」

感慨深そうに皆を見回すおじさん。

「皆と再会できたこと、そして……新しい俺たちの仲間に乾杯！」

『乾杯！』

狼おじさんが私を一瞥し、コップをあげると、合わせて皆の手もあがった。

そうして、私の歓迎会を兼ねた楽しい夜の時間が始まった。

「ほら、聖女様、どんどん食べてください、どんどん」

「うん……ぎがっ！」

「せ、せせ、聖女様！」

「いただ……お肉固いぃぃ」

ジンジンする顎を押さえる。固い肉を思いっきり噛んでしまった。

「ば、馬鹿！　デスアリゲーターの肉なんて人間の歯で噛み切れるわけないだろ！」

「ご、ごめんなさい、聖女様」

「い、いいよいいよ……でも、もう少し柔らかい食べ物がいいかな？」

「それでしたら、先程のレッドミノタウロスの肉を……じっくり煮込んであるから柔らかいので」

時々獣人と人間の違いを感じる場面もあったが、親交を深めていく。

「あのさ、できたら聖女様じゃなくて名前で呼んで欲しいんだ。私にはメイフィートって名前があるから……」

「え？」

「で、ですが……」

「仲間になるんでしょ、私たちは……」

困惑する獣人たち、そりゃ私は命の恩人かもしれないけど。

私にとっても狼おじさんは恩人なわけで。

そこに様付けなんて変な上下関係は付与したくない。

「嬢ちゃんの言う通りだぞ、遠慮が失礼に当たる場合もある」

「言っとくけど、狼おじさんも一度として私の名前を呼んでないからね、適当なこと言って」

「そうだっけか……って、嬢ちゃんも俺の名前を一度も呼んでないだろうが！」

「そうだっけ？」

確かに、狼おじさん呼びが当たり前になってたね。

「大体、嬢ちゃんに適当とか言われたくねえぞ、行き当たりばったりで行動する癖に」

「なんだと」

「ああ？」

睨み合う私たち。

「「ははは」」

そんな様子を見て、他の獣人たちが笑う。

狼おじさんとのいつもの会話が功を奏したのか。

私に対する獣人たちの緊張も徐々に解けてきている気がした。

お腹も膨らみ、宴《うたげ》も終わりに近づいていく。

いつの間にか、ルーフィちゃんが私の肩に寄りかかっていた。

眠いようで、体温が高い。

「メイお姉ちゃん……やっぱり、いい匂いする」

「え、そう？」

「うん、一緒にいると、なんか安心す……すぅ」

途中まで言いかけて、スヤスヤと眠るルーフィちゃん。

「……安心しきっている顔だね」

「ああ、そうだな」

優しい父親の顔で狼おじさんがルーフィちゃんを見ていた。

パパが無事戻ってきたこともあるのだろう、熟睡している。

可愛い寝顔を見ながら私は考える。

「狼おじさん、山脈越え、ルーフィちゃんはついてこれそうかな？」

「この季節なら雪崩《なだれ》の心配もない。雪もそんなに積もってないはずだ。足場も悪くないし、移動はそこまで難しくはないだろう。様子を見て必要なら、大人がサポートすればいい」

狼おじさんなりに考えているみたいだ。

獣人たちなら濃い魔力の中でも方向感覚が狂わないだろうし。

とんでもない魔物が出ても、私なら対処できるはずだ。

だからって、不安がないわけではない。

山頂の向こうには暮らせる土地が広がっているのか？　作物は育つのか、河は流れているのか、その気候は？　これぱっかりは直接見ないとわからない。

「ふうむ、にしても」

「どうしたの？」

ルーフィちゃんと私を交互に見て狼おじさんが呟く。

「いや、嬢ちゃんからいい匂い……それはルーフィだけじゃなく俺も思っていたことでな」

「「……え？」」

まさかの狼おじさんからの言葉。

な、なに突然、隣で思いっきり奥さんが聞いていますけど、大丈夫？

「ア、アンタ……何を考えているの、共に年を重ねて皺《しわ》を刻んでいこうと言ってくれたのは嘘だったの！」

「ちげえ、ちげえよ！　……お、俺が愛しているのはお前だけだ！　そういう意味じゃなくて、なんかこう……うぐ、苦し」

首を絞める奥さん、誤解を頑張って解こうとする狼おじさん。

「あの月に二人で誓ったのにいいいいっ！」

「……月？」

ああ、そうか……もしかすると。

彼らは狼獣人だったね。ふと理由に思い当たる私。

私の身体には彼らの祖とも言える友達の匂いが染みついているのかもしれない。

（……ポチ、今頃何をしているのかな？）

上空の月を見ながら、私は絶好の月光浴シーズンと出かけて行ったポチのことを思い出していた。

ポチ襲来

メイフィートが獣人たちと北の大地へ向かっている途中。

王宮の巨大ホールでは王族主催の盛大な夜会が催されていた。

名のある吟遊詩人が音楽を奏で、若い令嬢がドレスを翻し男性貴族と踊る。

一キログラム百万ゴールド以上の高級肉、厳選された新鮮な野菜や果物に、贅の限りを尽くした料理がずらりとテーブルの上に並ぶ。

「実は私、新しくメリア湖の傍に別荘を購入しましてね」

「ほほう、それは羨ましい。私は先日……」

会場で繰り広げられる貴族同士の会話。

その内容は最近どんな美術品を購入したとか、互いの自慢話が殆どだ。

元々ウインブル王国は数多くの資源に恵まれた国だ。

加えて、獣人たちから奪った潤沢な森林や鉱山資源に広大な土地。

それらが生まれた時からあるゆえに、貴族たちは殆ど苦労を知らない。

彼らはまったく理解していない。

今現在、自分たちが住む土地がどれほど恵まれているのかを……。

呑気《のんき》な者の多い王国の支配者層だが、険しい顔をしている男が二人いた。

つい先日、神殿での騒動に関わった二人である。

「神殿長《ファウセスナス》よ、まだメイフィートの情報は入らないのか？」

「殿下、申し訳ございません、我々の方でも総力をあげて探してはいるのですが……」

「もうかなり時間が経過しているぞ。ああ、あの顔を思い出すだけで腸《はらわた》が煮えくり返りそうになる、顔のあざも消えないし、くそっ！」

メイフィートに殴られた顎を押さえる、第二王子のイクセル。

「いいか、必ず探し出すのだぞ！」

「勿論です、殿下」

ギュっと拳を強く握りしめるイクセル。

そんな王子の元に影が差した。

「随分、苦い顔をしているな、イクセルよ……」

「あ、兄上！」

「ワルズ殿下！」

もう一人の王族の登場に姿勢を正す、神殿長ファウセスナス。

二人の傍に立つ、第一王子ワルズ。

豪奢《ごうしゃ》な服には国の予算半年分の価値がある重そうな宝石がちりばめられている。

メイフィートがいれば、そこまでして着たいの？　重くない？　肩こりとか大丈夫……と思っただろう。

「大聖女といっても、所詮は小娘一人が逃げただけのことだ……そう、騒ぎ立てるほどのことではないだろう」

「で、ですが……それでは周りの者に示しが」

「気持ちはわかるが、今は飲んで食べて楽しんで忘れろ、夜会は落ち込んだお前の元気が出るように催したのだから」

「あ、兄上、俺を思って……ありがとうございます！」

「ああ」

弟の笑みを見て満足するワルズだった。

「………………ふん」

内心で毒づきながら、私フラウは王子たちの会話を聞いていた。

公爵家の娘であるため、この場に招待されたのだ。

（……くだらない、あまりにも）

誰も事の緊急性を理解していない。

呑気にしている場合じゃないのに。

王族からの招待状でなければこんな場所には来なかった。

（平和ボケしている、誰も彼も……）

いつから、この国はこんなに腐ってしまったのか？

まだ陛下が元気だった頃はここまで酷くはなかったはずなのに。

もう何年も陛下は公の場に姿を見せていない。

身体を悪くし、王子二人に政務を任せて現在は寝たきりだというが……。

王子たちの様子を見て考えていると……。

「こんにちは、聖女フラウ」

「……貴方も来ていたのね、イルマ」

「当然でしょう、殿下にも是非にと言われたしね」

何故か勝ち誇った顔をする聖女イルマ。

イクセル殿下に気に入られていることを自慢したいらしい。

「私に何か用？」

「やぁね、怖い顔をして……用がなければ貴方に話しかけちゃいけないの？」

「ええ、話しかけないで欲しいわね」

「ズ、ズバッと言い切ったわね、この女」

顔をぴくぴくさせる聖女イルマ。

大切な友人を神殿から追い出した女だ。不愉快な態度をとりたくもなる。

「私も嫌われたものね」

「当然でしょう……イルマ、貴方も殿下も自分が何をしたかわかってる？」

「憧憬される存在として世界中の人々に崇められる風の大聖女、その系譜に刻まれてしまった汚点がようやく消えた。なんとも喜ばしい話よね」

口元に手を当てて笑うイルマ。

「それ、本人の前でちゃんと言えたら恰好よかったのにね」

「ど、どういう意味よ！」

「言って欲しいの？」

「……っ！」

イルマは神殿でメイに凄まれて、震えて座り込んでいたそうだ。

「ごほん。まぁ……いいわ、それよりも今後のことよ」

「……今後？」

「空いた大聖女の椅子に誰が座るかって話よ」

「私はいいわ、メイの代わりは絶対に務まらないもの」

親友の顔を思い出し、あっさりと告げる。

迷い一つない返答にイルマは意表をつかれたようだ。

「そう……だったら、私が遠慮なく貰うだけだわ」

「ま、頑張ってみたら……たぶんこれから、それどころじゃなくなると思うけどね」

「？？？」

ダンジョンの封印、瘴気の処理など、メイに任せていた負荷が、大聖女を失った反動が近いうちに絶対にくる。その確信が私にはあった。
大聖女の名は決して名前だけのものじゃない。
私は知っている。彼女の能力はその歴代の大聖女ですら上回ることを。
誰一人受けられなかった、風の神の加護まで受けていることを。
その彼女が抜けた穴をどこまで埋められるのか。
そういえばメイから先日、手紙が届いた。
あの子は獣人たちとリドルブの北の大地に向かっているそうだ。
なんとあの人喰い山を越えるらしい、ホントに無茶をする子だ。
前人未踏の地、確かに王国の追っ手もやってはこないだろうけど。
まぁメイの能力は十分に知っている。
心配もあるが、彼女なら難なく辿り着いてしまいそうな気もする。
それこそとんでもない強者と遭遇したりしない限りは……。
そして強者といえば、一つ懸念点があった。
正直これが一番……私的には怖い。
メイを追放した事をあの方が知った時、どう動くだろうか。
メイは「ポチ」なんて犬みたいな愛称で親し気に呼んでいたけど。
あの方がお怒りになれば、この国そのものが滅びかねない。
（まったく、考えると胃が痛くな……）

ピシャアアアアアアアアアン！

「ど、どうした急に……雷か？」

「そ、外が光ったぞ」

突然の落雷にどよめく貴族たち。

そして次の瞬間、強烈な光が窓の外から迸った。

視界が白く染まり一拍遅れて凄まじい轟音。そして。

「ひいいいいいっ！」

「きゃあああああああっ！」

響き渡る貴族たちの悲鳴。

光が消えたあと、ホール全体が暗く染まる。

幸い、壁やテーブルに設置された蝋燭の明かりで互いの姿を視認することはできたが……。

「な、なな……何が起きたのだっ？」

「お、おいっ！　アア、アレを見ろ」

大混乱の中、一人の貴族が上を指差す。

ホールの天井が……消えていた。文字通り完全に消滅してしまっていたのだ。

こ、こんな馬鹿げたことができるのは……。

「僕の大好きな親友《メイ》によくもふざけた真似をしてくれたな、カス王子どもがあああああっ！」

ズズンとホールの中央にド派手に着地。

前代未聞の豪快な登場をしたのは十メートルを超える白狼、フェンリル。

神獣ポルトーチラ・スフィンケラー様。

かつて国を滅ぼしたとされる存在、神の作り出した七体の神獣の一柱。

私の懸念通り、あの方はそれはもう……お怒りのようで。

(あ、今日は星が凄く綺麗ね)

私は空を見て、現実逃避をしたくなったのだった。

ぐるりとホール中の人間を見回す神獣。場を支配する凄まじい緊張感。

「お前たち……よくも僕を怒らせてくれたな！」

「あ、ああ、あり得ない」

「し、しし、神獣がなんで王城に……」

圧倒され恐怖で唇を震わせる者、腰が抜けて床に膝をつく者が続出する。

「こっちにこい馬鹿王子！　話がある！」

「イ、イイ、イクセル……どういうことだ？　な、何故神獣がお前をっ」

「わ、わたしにもわかりませんっ、兄上」

「だがっ、お、お前を睨んでいるぞ……」

いいから早く来いよ、と神獣に促されるイクセル王子。

脅え震えながら神獣の前へとおっかなびっくり歩いていく。

「はっきりと言おうか、僕が来た理由はこれだよ、これ……」

「そ、それは……」

神獣が殿下の前に放り投げた紙、それはメイの指名手配書だった。

「どういう経緯でこうなったか、僕に説明しろ」

神獣に問われ、イクセル殿下が先日、神殿で起きた騒動を神獣に伝える。

過去のメイの神殿内での悪行、それに対して自分たちが大聖女の資格をはく奪。

その結果、メイが激怒し……事件を起こした、などなど。

所々、自分たちに都合のいい嘘を織り交ぜて語っていく。

「だから、指名手配したと」

「と、当然だろう、あの女は王族であるこの僕を殴ったんだから」

「その話、本当かなぁ」

鋭い眼差《まなざ》しで殿下を見下ろす神獣。

「事実だ、み、見てくれ、この顔の痣《あざ》を……回復魔法を使ってもなかなか治らない」

「確かにメイが殴ったのは事実みたいだね。だけど……余程の理由がないと、メイがそんなことをするとは思えないけどな」

「は、話しているのは全部本当のことだ……なぁ、お前たち」

「は、はい」

「で、殿下のおっしゃる通りでございます」

殿下に同意するように頷く貴族たち。疑いの視線でじっと彼らを見つめる神獣。

ここに集められているのはイクセル殿下と繋がりの深い者たちが多い。

殿下がイエスと言えばイエスとなる歪《ゆが》んだ場。

だけど……メイのためにも黙っているわけにはいかない。勇気を出せ、私！

「ポ、ポルトーチラ・スフィンケラー様！」

「なんだい、君は？」

「だ、大聖女メイフィートの神殿での騒動に関して申し上げたいことが。イクセル殿下の発言には事実と異なる部分がございます」

「お、おい……何を勝手なことを。公爵令嬢といえど、出鱈目な発言は許されっ」

「黙ってろよ、僕が話してるんだ」

「っ」

慌てて私を止めようと動き出す殿下。

しかし、神獣が一睨みしただけで、口を塞がれたように黙ってしまった。

その間にメイが殿下の陰謀に嵌められたことをポルトーチラ様に伝える。

メイと王都を出る前に会って、私が聞いていた話をそっくりそのまま。

「そうか、そんなことが……」

「は、はい」

「よく……正直に話してくれたね、名前は？」

「フ、フラウと申します、メイとはその……元同室だった聖女仲間で」

「フラウ？　そうか、君がそうなのかい？」

「え、あ、はい」

「うんうん知っているよ……メイから友達の君の話は聞いているよ、あの子に優しくしてくれてありがとうね」

　私の名前を聞き急に好々爺《こうこうや》のような口調になった。

　にこりと微笑むポルトーチラ様、優しい瞳で私を見つめている。

　話が終わり、王子を解放するポルトーチラ様。

「はぁ、はぁ……く、くそ、許さんぞフラウ嬢。貴様、あの女が逃げるのを手引きしていたのか、犯罪者の隠ぺいなど重罪だぞっ！」

　血走った目で叫ぶイクセル殿下。

　罪なのはわかっている、けど……それでも。

　ここで黙っていたらメイと友達だって胸を張ることができない。

「大丈夫、君には一切の危害を加えさせない……」

「ぽ、ポルトーチラ様」

「君は、勇気あるいい子だね」

　大きな肉球で私の頭を優しく撫でてくれた。

　私に微笑んだあと、殿下に向き直るポルトーチラ様。

　この方が傍にいる、それだけで大きな安心感に包まれてしまう。

なんか砂が頭からパラパラ落ちてきたけど、今言うのはきっと無粋なので黙っておく。

「う、嘘だっ！　その女の言っていることはすべて出鱈目だ！　神獣ポルトーチラよ！　その場を見てもいない女の言葉を信じるのかっ！」

「当然だろう、フラウの言葉には力があった。僕だって人間の階級制度ぐらいわかっている、この場で君に逆らい、異議を唱えるのがどれほど覚悟のいることなのかもね」

「ポ、ポルトーチラ様」

王子の言葉をポルトーチラ様が一蹴する。私を守ってくれた。

もし、この方が人間の男性だったら間違いなく惚《ほ》れてるんじゃないかってぐらい恰好良い立ち姿だった。全身毛だらけだけど。

「さて……事情を理解したところで、僕が馬鹿王子に要求するのは一つだ、手配書を即座に撤回しろ」

「で、できるかそんなこと！　あの女は王族である僕を殴ったんぞ！」

「知るかそんなの、取り消せっつってんだよ」

「じ、冗談じゃない、たとえ神獣の言葉だとしてもなっ！」

「……はぁ」

物わかりの悪い王子を見て、大きくため息を吐くポルトーチラ様。

「メ、メイフィートめええ……本当に汚い女だ、し、神獣に助けを求めるなどっ」

「助けを求める？」

吐き捨てるような目でイクセル殿下を見るポルトーチラ様。

「……愚物が。見くびるなよメイを」

「ぐ、ぐぐ、愚物だとおおっ？」

「これは僕の独断だ。過去にメイが僕に助けを求めたことは一度もない、彼女は僕という巨大な存在がもたらす影響をしっかりと理解しているからだ。だからこそ対等であり、僕たちは親友なんだよ……そして」

「……」

「そんな彼女だからこそ、こんな時ぐらい助けてあげたいと思うのさ」

一拍置いて、ポルトーチラ様がはっきりと言う。

「覚えておけ愚物、権力はより強い力には無力なんだよ。馬鹿な君にもっとわかりやすいように言ってやろうか？　手配書を撤回し、直々の謝罪文を回してメイの罪を消すか。それとも……」

上空に五十メートルを超える特大サイズの風の塊が空に出現。

「な、ななな、なんっ！」

「こいつで消えるか、今すぐ決めろ」

空で竜巻の如く荒れ狂う暴風、神獣にしか成し得ない大災害レベルの攻撃魔法。

あんなものが降ってくれば王宮丸ごと消し飛んでしまう。

「ひいいいっ！　わ、わかった、わかったから、そいつを放つのはやめてくれっ！」

殺気混じりの言葉に耐えきれず。

涙を流し、わかったと必死に頷くイクセル殿下。

「約束は守れよ、それとメイの行方は？」

「ま、まだ何も掴めていない」

「本当かい？」

「ほ、本当だとも、こんな状況で嘘などつかないっ！」

慌てて応えるイクセル殿下。

「ポ、ポルトーチラ様」

「おおっと、ごめんねフラウ、怖がらせちゃったかい？」

「いっ、いえ、そんなことは……」

正直、ちょっとスカっとしたし。

「大丈夫、もしこの後、国が滅んでも君の家族の治める領地は残そう。あ、後で間違えて殺さないようにその時はリストアップをお願いね」

あ、ありがとうございますと言うべきなのだろうか？

いや、それは返答としてちょっと違う気も……。

「えと、そうじゃなくてメイの行方のことで、お話が……」

「うん？　何か知っているのかい？」

先日届いた手紙に書かれていた内容を話す。

「北の山脈を越える……か。いや、だけどあそこは……」

ポルトーチラ様の顔が険しく歪んでいく。何か知っているのだろうか。

「わかった、有益な情報ありがとうねフラウ」

「い、いいえ」

まさしく暴風の如く夜会を荒らし、ポルトーチラ様は王城を出ていったのだった。

まだ見ぬ北の大地へと、私たちは本格的な山越えに入る。

獣人たちと合流し大所帯になった。

人数が増えれば移動に手間取るのが当然だが、マジックバッグに詰め込んだ物資のおかげで、食料確保の時間を省いたり、荷を軽量化することで速度を確保している。

また、こうした大自然での移動は獣人たちの知識が頼りになる。

出発から五日目、難所となる離れた崖地への移動では……。

「谷底深いね、どうする？」

「……そう、だな」

ビュウビュウと谷底から吹く風を受けながら、考える狼おじさん。

向こう岸まで五メートル以上離れ、下には激しい水流の河。

「支援魔法をかけて跳ぶ？　多分、いけると思うけど」

「子供もいるからな、危ない方法は極力とりたくないな」

「じゃあどうする？　迂回《うかい》する？」

「いや、付近に迂回できそうな場所はない、時間がかかるし、こいつを使おう」

道中で捕まえた魔物、ブラックスパイダー。

餌《えさ》となる緑黄草をあげて、ぺちぺちと体に刺激を与えると、お尻から長い黒糸を出す特徴を持つ蜘蛛《くも》だ。

方針を決め、獣人たちが協力して作業を始める。

蜘蛛から出された黒糸を束ねていき、より丈夫な糸を作り上げていく。

強度確認後、狼おじさんは綱のようになった糸を振り回し、向こう岸の木に引っかかるように放り投げる。

「器用だね」

「ま、これぐらいはな。縄投げの応用だし」

私も子供の頃、恰好良いから試したが結局習得できなかった。

調子に乗って、窓ガラスを叩き割った苦い記憶しかない。

同作業を何度も繰り返し、両岸を繋ぐ網のような糸の橋が完成する。

「黒糸は大人がぶら下がってもちぎれない強靭なもんだが、ふざけて網の下に落ちないように気をつけろよ、子供たち」

「「「「はい！」」」」

渡る前に狼おじさんが子供へ注意する。

（おお、これ……ちょっと面白い）

凄いね、固い縄でできたハンモックみたいな橋だ。

糸橋をつつくと小刻みに振動する。

「嬢ちゃんもな……おい、聞いてるか！」

「ういうい」

子供たちと同列にされる私。そんなにやらかしそうに見えたのだろうか。

まったく……ナイス判断だよ。


現在地は標高二千メートルといったところ、まだ皆の体力や表情にも余裕があった。

夏とはいえ所々残雪もあり、雪を投げて遊ぶ子供たちの姿が印象に残っている。

だが、出発から二十五日。山頂高い場所に近づくと体に異変を感じる者も出てくる。

空気の薄い場所だから、呼吸も苦しくなる。

「はぁ、ふぅ、つ……疲れたよぅ、パパ」

「しゃあない……捕まりな」

子供を背負って進む、大人獣人の姿もチラホラ。

極力無理ないペースで進んだつもりでも、道中で体調を崩す人も出てくる。

やはり最初に限界を迎えたのは体力のない子供や老人たちだ。

転倒して怪我をした獣人には、私が回復魔法をかけていく。

「ご、ごめんね、メイお姉ちゃん」

「いいんだよ、もう少しだから頑張ろう」

私も手を貸して子供たちを助ける。

すでに標高五千メートルを超えた、この高さでは植物も殆ど見られない。

むき出しの地面の上で野営の準備へ。

「はい、皆こっちに集まって～」

移動終わりの夕方には、全体回復魔法で全員の傷を治す。

それが私のここ最近の日課。

「嬢ちゃん、毎日魔法を使って無理はしてねえか？」

「問題ないよ」

心配して狼おじさんが声をかけてくる。

「ただ魔法だと、肉体の傷は癒やせても精神的な疲労までは癒やせない」

「限界が来る前に……か」

長期の移動となると疲労も蓄積する。

疲労を忘れる魔法はあっても、疲労をとる魔法は存在しない。

「でも山頂までもう数日……のはず、頑張ろう！」

「おう！　そうだな」

ぐっ、と腕に力を入れる狼おじさん。

食事を取りながら山頂を見上げる私。

山頂に近づき、霧もどんどん濃くなっている。

数十メートル先の視界が見えないというのはなかなかの怖さだ。

皆とはぐれないように気をつけないとね。

そして予想通り、山頂に近づくほど瘴気（魔力）濃度は高くなっている。

「濃い魔力……か、魔力のねぇ俺たち（獣人）にはさっぱりわかんねぇ感覚だ」

「わかんなくていいよ、ここまでくると一種の毒に近いね」

「それほど、か」

「うん、私にとってはいい方面に作用しているけどね」

顔をひくつかせる狼おじさん。

魔力濃度が高いと、魔力を短時間で取り込め、自然回復量は高まる。

しかし、鍛《きた》えた魔導士ならともかく、許容量を超えた急激な摂取は体を破壊する。

「魔力がなくてよかったと思ったのは初めてだな」

「そのへんはお互い様だよ、獣人だって人の何百倍も鼻がいいから、毒臭で倒れることがあるって聞いたよ」

「お互いに、良いとこ取りはできないって奴だな」

「そういうこと」

頷く狼おじさん。

ただ、この魔力の原因は何なのか、まだ見当がつかないでいる。

これだけ瘴気が濃いなら、すでに強力な魔物と遭遇していてもおかしくないんだけど、ここまでその気配がない。

とにかく、ここからはより警戒しながら進む必要がありそうだ。


旅に出て二十八日目。

苦労しながらも着実に山頂へと近づいている私たち。

「嬢ちゃん、止まれ！」

「ぐえ」

集団の先頭を歩いていると、狼おじさんにフードを引っ張られた。

首が締まり、蛙《かえる》の鳴き声みたいな声を出してしまう。

「な、なにをする！」

「悪い、嫌な臭いがしたんだ……何かが腐ったような強烈な臭い」

スンスンと狼おじさんが鼻を動かす。特に何も感じないんだけどな。

でも獣人の嗅覚は私と比較にならないぐらいに鋭い。

他の獣人たちも、異変を感じている様子だ。

「もしかして魔物でもいる？」

「いや違う、これは……全員一か所に集まれ！　嬢ちゃん結界を張ってくれ！　早く！」

「わ、わかった！」

鬼気迫るおじさんの声に押され、考えることなく光の防御結界を展開。

半透明の膜が皆を包み込むと同時……上からドォンと大きな爆発音。

無数の岩石がガラガラと落ちてきて、私のバリアに弾《はじ》かれる。

「な、なんで爆発が起きるってわかったの？」

「言ったろ、嫌な臭いがしたって……」

狼おじさんの声がなければ、発動が遅れて犠牲者が出ていたかもしれない。

「なんで急に爆発したんだろ」

「たぶん……ま、行きゃわかるよ」

落石が完全に止まったのを確認してから、先へと進む。

山を百メートルほど登り、爆心地を見て答え合わせへ。

ここまで来て、ようやく私でも感じ取れるようになった臭い。

地面には黒く焦げた石。もくもくと煙があがっている。

「黒熱岩、か……よくあの離れた距離でわかったね」

「ま、俺たちには慣れ親しんだものだしな、すぐにピンときたんだ」

魔法の使えない獣人はよく黒熱岩を掘削に使うそうだ。

熱を限界までため込む特性を持ち、リミットを超えると爆裂する。

魔力を含まないのでこれは魔力感知では感じ取れない。

「本当に助かったよ」

「はは、お互い様だっての、ここまで殆ど魔物に襲われないのは嬢ちゃんのおかげだし」

そうして、互いに協力しながら先へと進む。

向こう側にきっと、望んだ光景が広がっていると信じて……。

気力を振り絞り、移動を続ける。

そしてついに、三十日続いた旅は一つの区切りを迎える。

私たちは山頂に着いたのだ……しかし。

「なんとかここまで来れたが……」

「うん……でも」

着いたよ、確かに着いたんだけども……。

山頂の反対側にも霧が充満しており、下に広がる光景は見えない。

やはり先が見えないというのは不安になる。気力は十分とは言えないが……。

「どうする？　……進む？」

「勿論だ、行くしかねえ……が、引き際は誤らないようにしねえとな」

「そうだね」

無理をすればするだけ、事故も発生しやすくなる。

先の見えない冒険、時間をかければやがて期待を不安が上回る。

その前に、なんとか光明を見つけ出したいところだ。

強い決意を抱き、山下りの準備を始めようとした時。

『……めておけ』

（……え？）

な、なんだ、今の渋い声は？　突然、脳裏に誰かの声が響いた。

「狼おじさん……今、誰かの声がしなかった」

「うん？　俺には何も聞こえなかったが……」

耳のいい彼らに聞こえないということは幻聴だろうか。

いや、でも確かに……。

『やめておけ……風の神の加護を受けし者よ』

また聞こえた。一体この声は……。

「じょ、嬢ちゃん……？」

「やっぱり……いる、何か」

ぶるり……と私の体に寒気が走る。

その直後、強烈な魔力が周囲を埋め尽くすように迸った。

とてつもなく大きな存在を近くに感じる。

警戒しながら周囲を窺っていると、獣人の一人が空を指差す。

「な、なんだあれはっ！　霧が……一か所に集まって！」

眼前で小型の竜巻のように霧が集中していく。

強風が発生、吹き飛ばされないよう身構える。

徐々に形取っていく霧、その姿は伝承にある生物へと変化していく。

「何千年ぶりだろうな、このような場所に、人が来るとは……」

「「「ドドド、ドラゴンッ！」」」

鮮やかな水色の鱗《うろこ》、全長十メートルを超える巨竜。

叩きつけられる圧倒的な魔力、先日のまがい物の竜、ワンバーンなんかの比じゃない。

本物の……竜だ。

「お、狼おじさんっ！　みんなっ！」

バタリと倒れる狼おじさん。

力に当てられ、他の獣人たちも急に糸が切れたように倒れていく。

気づけば立っているのは私だけになっていた。

両者の間に漂う緊張感、ドラゴンの大きな瞳を睨みつける。

「…………」

竜を見て最初に感じたのは既視感だった。

知っている、私は……この竜を知っている。直接相対してはないが見た覚えがある。

あれは先代大聖女に勧められた文献を読んだ時に……。

「まさか、神獣……アクエリオス？」

「いかにも」

そう言い、どこか嬉しそうに神獣は笑った。

「我が力に対しても臆さない、やはり汝は風の神の加護を受けているのだな、娘」

「い、いかにも……」

なんか神獣の雰囲気に飲まれる私。変なところで対抗してどうする。

「くく、面白いな……人の娘、名はなんという?」

「メイフィート」

「そう構えずともよい、メイフィートよ、我も水神によって創造された身、我と汝の立場に大きな差はない」

「いや、無理でしょ……こんなことしといて」

倒れてしまった獣人たち。

登場しただけで人を気絶させる生物相手に警戒しない方がおかしい。

「そう睨むな。すまぬな、誰かと話すこと自体が久しぶりでな、力のコントロールに失敗した。威圧するつもりはなかったのだ、時間が経てば目が覚めるさ」

神獣アクエリオスから魔力が引っ込み、息苦しさが消えていく。

彼の素直な謝罪に面食らう。

戦闘する意思はないようだが……。

「なんで、神獣が私たちの前にわざわざ現れたの?」

「忠告するためだ。この先には何もない……とな」

「納得できないなぁ、何もないなら何故神獣である貴方がそこにいるの?」

「疑うのは無理もないが、嘘ではないぞ。まぁ正確には何もなくなった……だがな」

「？？？」

過去形に言い直すアクエリオス。

「我はこの地の管理をしている……この終焉の地に人が立ち入らぬようにだ」

終焉の……地？　言葉を聞いてもまだ状況が理解できない。

「この先は神が観察する必要があると決めた土地なのだ。山頂の霧は我が作り出したものだ、何人も立ち入らないように。まぁ話を聞くより一見した方がわかりやすいか」

「え？」

「我の背に乗れ……メイフィート、案内してやる」

神獣の言葉に素直に従い背に乗る。竜に乗って空を飛ぶなど初めての体験だ。普段の私なら興奮しているかもしれないが、そんな気持ちにはなれなかった。

山頂を下降していくと霧が薄くなり、大地が見えてくる。

これから私たちが向かおうとしていた山の反対側の景色が……。

(酷いね……これは)

アクエリオスが終焉の地といった意味が理解できた。

楽園が拡がっていると信じて私たちが進んだ先は……無だった。

本当に何もなかった。ボロボロに風化し、荒れ果てた大地。

草木一本生えていない、地面はひび割れている。

そしてなにより、精霊の気配を微塵も感じない。

「遥《はる》か昔、この地には古代人たちの国があった」

「国？　……その名残すら見えないけど」

「何千年も経てば建築物は風化し崩れ落ちる、まぁ、物によっては探せば残っているかもしれんがな」

ゆっくりと空を旋回しながら過去を語るアクエリオス。

「滅んだのはどんな国だったの？」

「魔法を礎《いしずえ》に発展した王国だ。昔は今と比較にならないほど魔法技術が優れていた。現代人が遺跡から発掘される古代魔法具を今も流用していることからわかるようにな」

眼前の光景からは想像できないが、かつては花咲き緑溢れる豊かな土地だったという。

精霊が空を飛び交い、清らかな河が国内中に流れていた。

「どうして滅びたの？　そこまで繁栄していた国が」

「繁栄したがゆえに……だろうな。神の怒りを買ったのだ。人の身で神に戦いを挑んだ」

「…………それは」

「加護を得て、その力の一端を知るお主ならわかるだろう？　その愚かさが」

淡々とした口調でアクエリオスが言う。

「過信したのだろうな、自分たちに不可能はないと。己の分を弁《わきま》えず、愚かにも神に戦いを挑んだ。その末路がこれだ」

結果、神の代行者である神獣たちによって滅ぼされた。

激しい戦いで、このような草木一本生えない惨状に。

精霊は去っていき、新しい生命は生まれず、この地のすべてが枯れていく。

山頂に瘴気が集まりやすくなっているのは過去の戦いの名残りらしい。

ちなみに瘴気が濃いのに魔物暴走《スタンピード》が起きず、私たちが道中で強力な魔物に遭遇しなかったのは、アクエリオスがこの地を管理しているかららしい。

人の住む地に向かわないよう、時折出現した危険な魔物はあらかじめ始末していたそうだ。

ここに来てようやく謎が解けた。

「だから我は汝を見て少し驚いた」

「……ん？」

「あのような失敗がありながら、風の神が強大な力を得る加護を人に与えるなど、な」

「ああ……そうだよね」

言いたいことはなんとなくわかる。

「でも私、神様にいらないって言ったんだよ……ちゃんとね」

「そうなのか？」

「絶対私的な理由で使っちゃうから、そういうのはもっとご立派な方にどうぞって」

「……ふむ」

一度、何の気まぐれか精神世界で神様と面会したことがある。

元々私は強制的に先代に神殿へと連れてこられた身。

割と打算的な理由で、聖女になったわけだしね。

生きていく力は欲しかったが、世界を救う力が欲しいわけじゃない。

「本当にいらないのかって、何度も聞くから『私が人間を滅ぼしても責任持ちませんよ？』……って答えたら何故か大笑いされて、そのまま強引に」

今でも神様の考えは理解できない。何が楽しかったのだろうか？

「大丈夫かな？　こんな危険人物に力を渡して」

「……くくく、くはははは！」

「ちょっと」

何故ドラゴンさんまで一緒に笑うのかな？

「いや、なんとなくだが……我にはわかる気がする、風の神の気持ちが」

「えぇぇ？」

困惑する私に対し、ドラゴンさんはとても楽しそうだった。

それから十分ほど空を飛び続け……。

「ごめんドラゴンさん、一度下に降ろしてもらっていいかな？」

「……わかった」

直接自分の足で大地に立ちたくなった。見渡す限りの荒野を見ながら考える。

（さて、どう伝えたらいいものかな……）

この土地の真実を知った私。一月続いた私たちの旅は行き止まりだった。

山の向こうが植物も生えない死の大地だと知れば、獣人たちは間違いなくショックを受けるだろう。落ち込んだ彼らはこれからどうするのだろう？

以前いた集落は人間たちに襲われてしまっている。

かといって耳を隠して人里に暮らすというのも相当なリスクを伴う。

「……うぅん」

「すまぬな……そんな顔をさせるつもりはなかったが」

「別にドラゴンさんが謝ることじゃないでしょ。寧ろ私は感謝してる」

酷な現実だが、幻の希望にずっと縋《すが》り続けるよりいい。

「ドラゴンさんが、早めに教えてくれてよかったよ」

「……そうか」

ドラゴンさんが私の前に来る。

「我がメイフィートにしてやれることは少ない、せめて元いた場所に送るぐらいはしてやりたいところだが、神の命ゆえ我はここを離れられない」

「……ドラゴンさん」

「我はここでお前たちの旅路の成功を祈っているぞ、メイフィート」

ドラゴンさんが首を伸ばし、私の頭の上に大きな頭を置いた。

竜の顎の下には逆鱗《げきりん》があると聞く。

自分の頭を相手の頭にのせるのは、その竜が認めた者だけ。

（これは……いわば親愛の印だ）

「くたばれ、トカゲ野郎があああああああああっ！」

「「……え？」」

い、いやいやいや……違うよ、違いますよ。

言ったの私じゃないよ、そんな情緒不安定じゃないって。

強烈な殺気の混じった叫び声が突然荒野に轟く。

「死ねええええええっ！」

「ぬ、ぬぐおおおおおおおっ！」

声の正体を確かめる余裕もなく、ドラゴンさんが吹っ飛ぶ。

怒涛の展開に理解がまったく追い付かない。

悲鳴をあげるドラゴンさん。あっという間に数百メートル向こうへ。

粉塵を巻き上げながら凄まじい勢いで回転していき、山の中腹に叩きつけられた。

「ふうう、間一髪……危ないところだったよ」

今になって私は、その声がとても聞き覚えのあるものであることに気づく。

さっきまでドラゴンさんがいた場所には、私のよく知る白い狼の姿。

「……あ、ああ、嘘」

「嘘なんかじゃないよ、すべては現実さ」

ま……まさか。こんな場所で会うことができるなんて。

喜び、目を見開く私。

「ぽ、ポオオオチイイイイイイッ！」

「メェエエイイイイイイッ！」

「わっぷ」

ポチの巨大もふもふボディが私を抱きしめ包み込む。

再会の抱擁、勿論ポチは力を手加減しているけど、ちょっとぐるじい。

でも……嬉しい。

「ええぇっ！　どうしてっ！　な、なんでこんなところにポチがいるのおおっ！」

「ふふ、決まっているじゃないか、メイが心配で会いたかったからだよ」

ぴょんぴょん小躍りする私。ポチに詳細な理由を尋ねようとしたところ。

感動の再会に割って入るように……。

「ふううっ、どこの……どいつだ、こんなふざけた真似をしてくれたのはああっ！」

「……あ」

「ち、生きてやがったか」

強大な魔力により、吹き飛ばされた瓦礫《がれき》が空を舞う。

バサリバサリと大きな翼を動かし、怒りの眼で空から私たちを見下ろすドラゴンさん。

「ポルトーチラ……貴様だったか！　よくも我を殴り飛ばしてくれたな！」

「ふぅ……アクエリオス、君には失望したよ」

「は？　何を言っている？」

「まさか暫《しばら》く見ない間にここまで見境をなくしていたとはね、年月は君を腐らせてしまったようだ」

「あ？　本当に貴様は何を言っている、頭大丈夫か？」

「メイ離れていてね、あのトカゲから僕が守ってあげるから」

（ま、守る？　……守るって、え？）

ポチが私を庇うように前に立った。

「まさかメイを食べようとするとはね！」

「た、食べる？」

ポチ視点（遠くから）だと、ドラゴンさんが私を食べようとしている風に見えたらしい。

い、急いで誤解を解かないと。

神獣同士の大激突が始まったら、さすがに止める自信はない。

「か、勘違いしているよポチ、ドラゴンさんは私に親切にしてくれたんだよ」

「え……そ、そうなのかい？」

「う、うんっ、本当だよ」

キョトンとした顔のポチ。このままだと神獣大決戦が始まってしまう。

何の因果か神獣により滅んだこの場所で再び。それは絶対に避けなくてはならない。

頑張ってポチとドラゴンさんの喧嘩を止める私。

「ほらポチ、ドラゴンさんに謝らないと駄目だよ」

「ご、ごめんね……僕が悪かったよ、アクエリオス」

「貴様という奴は昔からそうだ。早とちりして周囲を困らせる……まぁ、それだけメイフィートが心配だったということだろうが」

それでもドラゴンさんは大人というか懐が深いというか。

最終的にはポチのことを許してくれた。

「でも、ありがとうねポチ……私のためにここまで来てくれて、心配してくれて」

「当然じゃないか、僕たちは親友なんだから……これぐらいなんてことないよ」

「いや、反省しろよ、ポルトーチラ」

ドラゴンさんには申し訳ないけど、本当に嬉しかったよ。

お礼に今度、全力でポチの喜ぶブラッシングをしてあげねば。

「メイフィート、まさかポルトーチラとも繋がりがあったとはな」

「うん……でもポチ、どうやってこの場所がわかったの?」

「ああ、フラウに聞いたのさ」

「え、フラウ?」

ポチから予想外の名前が出て来て困惑する。

ポチとフラウは直接の面識はなかったと思うんだけど。

「えと、実はね……」

ポチが先日、私がいない時に起きた王城での出来事を話し始めた。

それは正直、神殿で色々やらかした私からしても、開いた口が塞がらない出来事だった。

「と、いうわけで、馬鹿王子にメイの手配書は撤回させた、安心して国に戻れるよ！」

「…………そ、そうなんだ」

褒めて褒めて、と言った顔のポチ。

まさか、王城でそんな事件が起きていたとは。やはり神獣の力（物理）は凄いね。

「あ、あれ……メイ、嬉しくないの？」

「ううん、嬉しいよポチ。それは勿論嬉しいんだけど……」

「？？？」

ポチのおかげで、ストレスの原因が一つ消えた。

追跡者を気にする必要がなくなった……が、獣人たちの懸念はまだ残っている。

私一人が自由になっても、今後彼らは。

「そういえばフラウが、メイは獣人たちと北に進んだって言ってたね。実は僕、急いで来たから細かい経緯を聞いていないんだ、教えてくれないかな？」

「ええと、実はね……」

王都を出た後の森での獣人たちとの出会い。

魔物が出現せず、飢えて死にそうだった私に彼らがご飯を食べさせてくれたこと。

正体がバレるリスクもあるのに親切に助けてくれたこと。

それからリドルブで捕らえられた獣人たちの救出騒動。

その過程で生じた公爵級悪魔グレモリアスとの契約、諸々をポチに伝えていく。

「な、なんか聞き逃せない部分が相当量混じっていたけど、とにかく……獣人たちが助けてくれたんだね、メイを」

「うん」

あのポトフはとても美味しかった。

「確かにご飯の恩は大事だ。でもメイはその後、彼らの仲間を助けるのを手伝ったんだよね。メイがまだ親切にしてあげる理由はなんだい？」

「気に入ったから、愚かなぐらい優しくて愛おしい彼らが……久しぶりに尊いものを見たんだ」

「……そうかい、じゃあ仕方ないね」

ポチが私に優しく微笑む。それ以上は何も言わなかった。

私の行動を傍で見守ってくれるスタンスのようだ。


とりあえず、私たちだけで話を進めても仕方ない。

ドラゴンさんの登場で気絶した獣人たちを起こすことにする。

今度はポチの背中に乗って再び山頂へと戻る。

空もいいけど、ポチと大地を駆けて風を切る感じも私は好きだ。

目覚めた時の獣人たちの反応は再度の驚愕《きょうがく》だった。

まぁ、目の前に巨大竜と巨大狼がいたらそうなるよね。

ただ今度はドラゴンさんも力を抑えていたので、彼らが再び気絶することはなかった。

「狼おじさん、気絶する前のことは覚えてる？」

「ああ、一応……確か俺はそこの竜を見て意識を失って」

うん、記憶の混濁などはないようでよかった。

狼おじさんの視線はその隣のポチへと。

「そ、それで……じ、じじ、嬢ちゃん、それで、その……」

「なにかな？　口をもごもごさせて」

「り、竜の隣にいる方、魂を屈服させられる気高きオーラを感じる、大きな白狼はまさか」

そわそわしながら私の回答を待つ獣人たち。

「うん、私の大親友のポチだよ」

「お、おう……いや、その、そうじゃなくて」

「二人とも神獣ね。で、大事な話があるんだけど……」

「「「説明が雑なんだよおおおぉ！」」」

叫ぶ獣人たち。おおう、完全にハモった。

「メイちゃん、お願いだから、ちゃんと話して！」

「本当にっ、頼むから！」

「わ、わかった、わかったよ」

獣人たちから抗議の声が一斉に届く。

「あのな、大聖女だった嬢ちゃんと違って、こっちは日常に神獣なんて言葉は存在しないんだからなっ！」

狼おじさんに全力で肩を揺すられる私。

私だってポチ以外の神獣と会ったのは初めてだけどね。

説明後、ポチを崇め綺麗な土下座をする獣人たち。

「うおおおおおん、うおおおおおん！」

「ま、まさか、そのお姿を見られる日が来るなんて」

「ああ、神獣ポルトーチラ様、ありがたやありがたや」

狼種の王的存在である神獣フェンリルに会えて、感激して涙を流す獣人までいた。

あの、話がまったく進まないんですけど。

私が困り顔で彼らを見つめていると。

「いいから、そういうのは……今はメイの話を聞いてあげてよ」

「「「「はい」」」」

ポチに注意されて、ようやく私を見る獣人たちだった。

古代戦争の話を獣人たちにしたあと、ドラゴンさんに霧を解いてもらう。

山頂からでも、不毛の大地が見えるようになった。

長旅の果ての残念な結果に、大きく落胆する獣人たち。

「本当に……なにも、ない」

「うう、結局また戻るしかないのかよっ！」

「くそ、過ごせる土地を新しく探すのがどれだけ大変か！」

「も、もう俺は限界だっ、脅えて暮らすのは」

苦労が報われず、がっくりと膝を地に付ける者が大勢見える。

今後を話し合う獣人たちだが、さっきの今で結論は簡単には決まらない。

「嬢ちゃん、ここまで一緒に来てもらったってのに……すまない」

「狼おじさん、別に謝る必要はないよ、ついて行くのは私から提案したんだから……」

「だ、だがっ……だが！」

本当に申し訳なさそうな狼おじさんの顔。

全部私が自分で決めたこと、こうなる可能性だって覚悟はしていた。

「嬢ちゃんは……もう無理して俺たちに付き合う必要はないんだぞ」

「何言ってんの？　ここでお別れなんてするわけないでしょ」

「だが、嬢ちゃんの罪は消えたんだろう、華やかな光の差す街に戻れるんだろう？」

「戻らないよ。たとえ光が差したって、あんな場所にいたら目が痛くなる」

たとえ私の罪が消えても、国に居場所なんかない。

勿論、私を追い出した神殿なんかに戻るつもりはない。

また、いいように使われるなんて真っ平ごめんだ。

「ほらほら、そんなこと言う暇があったらアイデアの一つも考えよう。私だって心休まる場所は欲しいんだから」

「……じ、嬢ちゃん、ああ！」

私の決意を聞いて前を向く狼おじさん。

気持ちを切り替え、山頂から大地を見下ろす。

「不毛の大地か。人間が来ることだけは絶対にないんだけどな」

「そうだね」

いいと思うよ。そういうポジティブな考えの方が……。

山頂には濃密な瘴気が充満しており、人間では魔力酔いするため辿り着けない。

だが魔力を持たず、感知しない獣人たちであれば魔力による悪影響はない。

「本当に何もないし、暮らすにはデメリットが大きいが……」

精霊の存在は大地を活性化させ、植物や生命を育む。

しかし、その精霊がいなければご覧の通りだ。

「ふむ……ねぇ、ドラゴンさん、ポチ？」

「なに、メイ？」

「なんだメイフィート」

「ここは本当にどうしようもないの？　神獣が二人いても手の施しようのない土地なの？」

完全に希望はないのか、もう一度二人に尋ねてみる。

「正直に答えるなら、これでも戦争の起きた数千年前より土地は改善されている」

「え、そうなの？」

「ああ、土地を蘇《よみがえ》らせるのは不可能とは言わん。大地に花が咲く時も訪れるかもしれん」

ドラゴンさんが答える。

「だがそれにはもっと時間が必要だ、一度滅んだ土地を元に戻すのは本当に大変なのだ」

「僕たち、もう少し手加減すればよかったかな」

「あれは神に叱られたからな、実際我も少々、張り切りすぎた」

「あれだよね、子供が親の前で頑張る運動会みたいな感じ」

そんな気持ちで滅ぼされたのか、古代王国。

狼おじさんが頬をピクピクさせながら、神獣二人のスケールの大きい話を聞いていた。

「別に大地すべてが改善されて欲しいわけじゃない、俺たちが住む一部分だけでも元に戻せればいいんだが……」

「う～ん、せめてここに神殿があればよかったんだけどね」

「し、神殿、ですか？　ポルトーチラ様」

狼おじさんに応えるようにポチが呟いた。

ポチに直接話しかけられ、狼おじさんはちょっと緊張した顔。

「ポチ、どうしてここで神殿が出てくるの？」

発言の意図がわからず、私はポチに尋ねる。

「おや、メイも神殿の役割を知らない？」

「うん」

「実は神殿には精霊を呼び寄せて、活力を与える効果があるんだよ」

「え、そうなの？」

完全に初耳である。大聖女だったのに知らなかった。

「うむ、神殿は神霊鋼という土の神が作り出した特殊素材で建造されていて、精霊が好む神気を発するんだ。しかも魔物の発生源となる瘴気まで抑えてくれる。神殿は土地を活性化する最高級の補助具、いや建築物なのだ」

「……へぇ」

ドラゴンさんが補足説明してくれる。ちゃんと意味のある建物だったんだね。

なんとなくで、神殿に暮らしていたよ。

「実は元々、世界各地に建てられている火、水、土、風の四神殿はこの場所で行われた古代戦争の後処理をするため、神々により設置されたんだよ」

「え、そ、そうなの？」

「うん、とにかく僕たちがド派手に暴れてしまったからね、その余波で精霊の生息図が激しく乱れてしまったんだ」

遠い目をして昔を思い出すポチ。

増長した人間が神に挑んだ古代戦争。

激怒した神だが、人間という種族そのものを滅ぼすのは本意ではなかった。

人間全員が神に逆らったわけではない。

そこで戦争の煽《あお》りを受けた者たちを救うため、神様たちがお助けアイテムとして、四つの神殿を設置したらしい。

だから神殿周りは精霊も多く、肥沃な土地が多いそうだ。

必然的に住みやすい場所に人はたくさん集まり、現在もウインブル王国のような大きな国が残っている。なるほどね、そんな経緯があったのか。

「じ、じゃあ、その神霊鋼を用意することができれば、この地は復活させられる？」

「ああ、可能性は十分にある」

ドラゴンさんが頷く。

神霊鋼を作り出して神殿を建築すれば、ここに精霊が生息できるようになる。

いずれ土地は元気を取り戻すとのこと。

「だが、神霊鋼をどう作り出せばいいか、神獣である我らにもその手段はわからん」

まさに土の神のみが知るらしい。

「もし、この土地を改善するというのであれば、我もお前たちにできる限りの力を貸そう」

「いいの？　ドラゴンさん」

「ああ、我らも無関係ではないからな。土地の改善に手を貸すのに神々も文句は言うまい」

「もし成功すれば、誰にも邪魔されずに、私たちで新しい国とか作れるかもよ、狼おじさん」

「国って表現は大げさだが、確かに魅力的な話だな」

広大な土地、ゼロから自由に作るっていうのもそれはそれで面白そうだ。

こういう話は浪漫《ろまん》がある。簡単ではないだろうけど。

「神獣のサポートまで受けられるなら、挑戦する価値はありそうだが……」

「狼おじさん、どうする？」

「それを決める前に現状確認だ、嬢ちゃん。水や食料はまだ二月分以上あるんだよな？」

「うん、だけど早めに食料補充を考えた方がいいかもね」

現地補給は難しいし、私だけでも一度リドルブに戻るべきか。

現在、リドルブの領主に化けているグレモリアス。

グレモリアスはちゃんと怪しまれずに暮らしているだろうか。

そういえば、北に旅に出てから一度も連絡をとっていなかったな。

特に向こうから連絡もないし、正体はバレていないと思うんだけど。

今、連絡をとってみるか。

確かリドルブの街がある方向を向いて、魔力を飛ばしながら喋ればよかったはず。

小難しい原理は忘れたけど、グレモリアスに渡した腕輪が中継地点の役割を果たすとか、うんたらかんたら。

「も、もしもし……グレモリアス、私だけど」

「……」

「もしもし、聞こえてる？」

五秒経過するが返事が聞こえない。

「聞こえてますかあ？　聞いいいこえてまああすかあああ！」

「そんなに、騒がんでも……聞こえ、ている」

「おぉう」

突然、脳裏にグレモリアスの声。おお、よかった……本当に通じた。

「グレモリアス、聞こえてるなら早く返事してよ」

「無茶、言うな、汝の魔力と、繋ぐ……のに苦労したのだ」

途切れ途切れで聞こえてくるグレモリアスの声。

ちなみにグレモリアスの声は私にしか聞こえない。

周囲からは私一人で喋っているみたいに見えている。

「ノイズがある……せいだ。魔力回線を、安定化するのに時間がかかった」

「ノイズ？」

「ああ、確認だが、近くに娘に匹敵する魔力を持つ、化け物が……いないか？」

「……あ～いるね」

二名ほど、凄い方たちが。

「おそらく、そのせいだ」

このままだと回線が切れる可能性があるらしい。

ポチとドラゴンさんに少し離れるように伝える。

ポチはちょっと不服そうだったけど、私が困るということで納得してくれた。

グレモリアスに現状報告を。

北の地での私たちの状況を丁寧に伝えていく。

「そうか、まぁ獣人がどうなろうが我には関係ないが、汝が元気ならそれでいい、汝に死んでもらうのだけは困るからな」

「そっちはどう？」

「心配するな、問題なくやっている。思ったよりも楽なものだ。あの領主の方が、我よりも人間に対し悪魔的な行動をしていたからな」

「そ、そっか」

獣人たちを奴隷にしたり、罪のない住民を牢屋にぶち込んだり……。

確かに、そう言われればそうかもしれない。

「寧ろ、最近は少しずつ感謝されているような気も……」

「な、なんで？」

「忘れたのか、理不尽な理由で牢屋に閉じ込められた者たちを、怪しまれない範囲で可能な限り解放しろとか、面倒なことを言っていただろうが」

「あ、ああ！　……うん」

「忘れていたんじゃないだろうな？　おかげで過去の資料を確認したりと、なかなか大変だったんだぞ」

「ご、ごめん」

素直に謝る。グレモリアス、思った以上に働いてくれていた。

「おかげで面白いこともわかったがな。例の爆破の呪具とは別の指輪型呪具を、リエールが王子たちに提供していたり……」

「え？　なにそれ？」

王子とリエールのまさかの繋がりが発覚。

呪具か。あの王子のことだ……どうせ、碌な使い道じゃないんだろうな。

「ところでメイフィート、我はとても大事なことを確認したい」

「なにかな？」

「最早、我は用済みなどとは言わんだろうな？」

「え、な、なんで？」

「貴様が我の助けを必要とする理由はなくなったはずだ」

グレモリアスは私と協力関係にある。私の魔力がなければ彼はこの世界で活動できない。

リドルブで互いに交わした約束は、私が魔力を供給する代わりに、彼が私を助けてくれるというもの。

彼は私が逃げるための時間を稼ぎ、助けてくれた。

しかし私の罪は消え、王国の追っ手もなくなった。

私がこの関係を終わらせ、今後魔力を譲渡しない可能性を心配しているようだ。

「私はまだ獣人たちと行動するつもりだから、物資諸々グレモリアスに協力して欲しいことは山ほどあるよ」

「そうか、それならいい。貴様も物好きだな……まあ我としてはその方が助かるが」

「色々ありがとうね」

「我は決めたことは守る」

グレモリアス、できる男だった。

人間よりも仕事をきっちりとこなしてくれそうな悪魔さんだった。

「と、最後にもう一つ伝えたいことがあった。神獣が離れたあとの現在の王国の状況についてだ」

「何かあったの？」

「ああ……このままだと近いうちに王国は滅びるかもしれんぞ」

「へぇ……ん？」

な、なんて言った今？

唐突な言葉に、返す言葉が出てこなかった。

滅びの予兆

ポチ襲来から数日後。王城の一室に集まる三人の男たち。

国王が病気で動けないとされる今、実質的な国のトップである第一王子ワルズ、第二王子イクセル。

神殿関係者のトップである神殿長、ファウセスナス。

議題は勿論、先日の大事件に関すること。

元大聖女メイフィートと、夜会で嵐のように暴れた神獣ポルトーチラの話だった。

「吹き飛ばされたホールの修繕、相当なお金がかかりそうですね」

「金の問題はどうにでもなる。また民衆どもから税を搾《しぼ》りとればいい、そのことよりも……」

ワルズが手元の資料をテーブルに放り投げ、弟のイクセルを一瞥する。

「お前が神獣《ポルトーチラ》を激怒させた事実の方が重大な問題だ」

「くそ……あ、あの、犬っころめ」

拳をわなわなと震わせ、歯ぎしりをするイクセル。

「何故、俺があんな下民の女に謝ることに……くそ、なんとかあの神獣に一泡吹かせる方法はないのか」

イクセルは王族であり、頭を下げるという行為に慣れていない。

自分こそが世界の中心、すべてが思い通りになるのが当たり前。

身体は成人しても、心は子供……それがイクセルという人物である。

そんな彼ゆえに今回の件で受けた屈辱は凄まじいものだった。

「馬鹿なことは考えるなよ、イクセル」

「あ、兄上……しかし」

「お前も見ただろう、あの人智を超えた力を……」

巨大ホールの屋根を吹き飛ばし、一撃で王城を瓦礫にできる巨大攻撃魔法を展開。

まさしく暴力の化身と言わんばかりの強さ。

「イクセル殿下、かの存在は生きる伝説、動き回る災害……神獣です」

「お、俺は王族だぞ！　民の頂点に立つ存在なんだぞ、ファウセスナス！」

「神獣は、その国すら丸ごと滅ぼした存在です」

「くそっ！」

苛立《いらだ》たし気にテーブルを全力で叩くイクセル。

情緒不安定なイクセルを見て、ファウセスナスは神殿でメイフィートを追放した時の出来事を思い出す。

この時点ですでに彼は後悔していた。

あの時からこの国の歯車は一気に狂いだしてしまった。

（たった一人の女を追い出したことで、ここまで大きな事態になるとは）

ファウセスナスは、自身の権力を高める都合のいいコマとしてしか、メイフィートと接触してこなかった。

だから詳しく調べもせずに、安易に手放す愚行を犯してしまった。

先ほどファウセスナスがイクセルを止めたのは国のためではない。

自身もメイフィート追放の件には加担しており、神獣の怒りの矛先が向くことを恐れたからだ。

しかし実は彼の方が、イクセルよりも取返しのつかない過ちをおかしているのだが……。

この時はまだ知る由もない。

「イクセルの件はやむなしとしても、ファウセスナスよ、神殿には毎年、国からも高い寄付金を払っているのだ。いざという時は役に立ってもらわねば困るぞ」

「も、勿論です……ワルズ殿下」

頭を下げるファウセスナス。

「とにかく、これ以上神獣を刺激してはならない、暴れられれば他国に付け入る隙を与えることになる。表面上だけでも神獣に従う素振りを見せねばならない。今だけの我慢だ、耐えろ、イクセル」

「ぐ……わか、りました、兄上」

渋々ながら納得するイクセル。

重い雰囲気になりながらも話し合いは続いていく。

神獣の襲来、空席となってしまった風の大聖女の椅子、王宮内でも危機感はあった。

しかし、それでもまだ……彼らはどこか楽観的に考えていた。

王国へと確実に忍びよる破滅の気配に気づいていなかった。

この瞬間までは……。

「か、会談中、失礼します！　イクセル殿下、ワルズ殿下」

「何事だ、騒々しい」

「大事な話の途中だぞ！」

部屋に慌ただしく飛び込んできた兵士に、不愉快な顔を浮かべる王子たち。

「も、申し訳ありません、緊急事態ゆえに……」

「何が起きた？」

額に汗を浮かべた兵士の様子から、ただ事でないのが一目でわかる。

ワルズが兵士に問いかける。

「原因不明の瘴気の急増により、間もなく王国近傍のダンジョン、『眠りの森』で魔物の大量発生が起きかねない状況です！」

「「な、なんだとっ！」」

王子二人が同時に立ち上がる。

王国各地には錬金術師たちが開発した瘴気計と呼ばれる機器が置かれている。

魔物の発生する原因となる瘴気の異常をいち早く知ることで、迅速《じんそく》に聖女や騎士団を派遣し、発生した魔物の討伐や瘴気の浄化に努めることができるのだが……。

「『眠りの森』の危険度はすでに三に、間もなく四に到達しようとしています」

「な、何故こうなる前に気づかなかったのだ！　ダンジョン管理者は何をしていた！」

「よ、予兆がまったくなかったのです！　瘴気の増加速度もとにかく急で……」

「このただでさえ、大変な時に……」

壁を拳で叩きつけるワルズ。

危険度は瘴気の濃度によって取り決められ、四段階で設定されている。

数値が高いほど危険度が高く、危険度三となれば最終段階の一歩手前だ。

四になると魔物暴走《スタンピード》といい、魔物の大量発生が起きる。

その前に浄化をして、対策をとらねばならないが、それもすでに間に合いそうもない状況だと兵士は言う。

「それと、王都ほどではないですが、他にも危険度の高まっている地域が」

「ほ、他にもあるのか！　どこの街の近くだ？」

「え、えぇと、そ、その……」

「もたもたするな、早く言え」

「……い、急ぎ確認するので、お待ちを」

「無能が、緊急報告ならそれぐらい把握しておけ」

「も、申し訳ありませんっ！」

慌てて懐から、情報の記載された紙を取り出して広げる兵士。

「えぇと、まずは危険度二の街から……アズールの街、ファウナッハの街、リゼルローデの街、イビルローゼの街、コールスキンの街、へベルゲーゼの街、マイムの街、シュトリームの街」

「「「……は」」」

「ついで危険度一……リムドーラの街、アリスタートの街、イシスの街、バッハの街、イクセントの街、ババルマークの街、ソールシークの街、それから……」

羅列される大量の街の名前。

そのあまりの数に開いた口が塞がらない三人。

「あ、ああああ、あり得るか、そんなことっ！」

「お、お前は何を言っている！」

「こんな時にふざけた冗談を言うな！」

「じょ、冗談などではありませんっ！」

慌てて否定する兵士。度を越えた緊急事態に理解が追い付かない三人。

絶望に近い状況に、顔が真っ青になる。

「さすがに……し、瘴気計の異常ではないのか？」

「そ、そうだ、ファウセスナス、きっとそうに……」

「残念ながら、すべて事実です。魔物の発生数がそれを裏付けています」

淡い希望は一瞬で打ち砕かれる。

かつてない危機が王国を襲おうとしていた。


「と、いうわけで王国中のダンジョンで瘴気濃度が高まっている、凄まじい勢いでな」

「…………え、ええと」

困惑する私にグレモリアスが語ったのは、王国が魔物暴走《スタンピード》により、滅亡危機にあるという信じられない情報だった。

ひ、一先《ひとま》ず深呼吸、落ち着いて考えよう。

瘴気は魔物発生の原因となり、放置すれば強力な魔物の発生や、魔物が大量発生する魔物暴走《スタンピード》に繋がる。

瘴気の管理を怠り、滅んでいった国は歴史上たくさんある。

大聖女だった頃、魔物暴走《スタンピード》を経験したことはあるが、一度起きると大量の魔物の妨害が入るため、瘴気の浄化活動をするのが滅茶苦茶大変だった。

すでに王都近傍のダンジョン『眠りの森』は魔物暴走《スタンピード》直前の状況らしい。

他のダンジョンでも確実に瘴気が増加中、このままだと王国中で魔物暴走《スタンピード》が起きる可能性があるという、まさしく悪夢のような話だ。

（な、なんで突然そんなことに？）

理由なくここまで状況が急変するものだろうか？

王国騎士団や神殿の聖女たち、動ける者を総動員して対処を始めたそうだが。

突然のことで準備時間も確保できず、彼らだけで抑えられるか不明とのこと。

「瘴気が増えた理由が、まったくわからないんだけど」

「我も不思議に思っていたがな。汝の話を聞いて理解したぞ」

「……え？」

「先ほど神殿が土地を活性化させるとか、どうこう言っていたな」

「ああ、うん……言ったね、それが何か？」

「どうやらその神殿の取り壊し工事が、最近始まったようだ」

「……はああ？」

グレモリアスが過去にリドルブ領主宛てに届いた手紙や、過去の経理資料の確認をしていたところ。

領主のリエールから、新神殿建築のための寄付記録があったそうだ。

先日、神殿長ファウセスナスからリエールに感謝状が届き、同封書に現神殿の取り壊し工事の予定日などが記載されていた。

それが今から数日前のことらしい。

今まで当たり前のようにあった神殿がなくなればどうなるか？

精霊が寄り付きにくくなり、草木は以前よりも育たなくなり、農作物は減る。

間違いなく国は大きな打撃を受けるが、今回はそれだけでは済まない。

神殿には土地の瘴気の発生を抑える効果があるため、壊せば瘴気は国全体で増える。

きっと『眠りの森』で魔物暴走が起きそうなのは、王都の神殿に最も近く、瘴気変動の影響を受けやすい場所にあったからだろう。

グレモリアスとの話を切り上げ、皆にしっかり伝えることにする。

「……と、いうことで国が滅びそうらしい」

『………………』

話を聞き、皆は唖然としていた。

そんな反応になるよねぇ。

食糧補給についての連絡をするつもりが、まさかの展開。

「あ〜情報が多すぎて何を言うべきか悩むんだが、嬢ちゃん……一つだけいいか？」

「何かな？」

銀髪をくしゃりと掻く狼おじさん。

「ア、アホなのか……嬢ちゃんの国？」

「な、何も言えない」

まさか自分で自分の首を絞めるとは……完全に自爆である。

神殿長も神殿の効力を知らなかったと思われる。

じゃなきゃ、こんな愚行は考えられない。

グレモリアス曰《いわ》く、一応神殿の取り壊し工事はこの騒動のせいで一時的に止まっており、それだけは救いだ。

皆に話をしたあと。少し考えて……私は。

「ドラゴンさん、皆のこと、お願いできるかな？」

「それは構わんが、メイフィート……まさか」

「うん、王都に行く」

行かないわけにはいかない。友達のフラウは絶対に死なせない。

本音を言えば安全なところに逃げて欲しいが、聖女の役割は瘴気を抑えること。

誰よりも危険な場所にいるはずだから……。

「狼おじさん……私、ちょっとここを離れるけどいいかな？　守りたい人がいるからさ」

「その友達を助けた後はどうするつもりだ？　大聖女に戻って、国を救うつもりなのか？」

「まさか……そんな英雄みたいな真似しないよ」

国なんか救わない、もう私は大聖女じゃないんだから。

この身を犠牲にして国中の皆を助けるなんて真っ平ごめんだ。

「そんな脳みそお花畑じゃないよ……もし王国に力を貸すとしても、打算的な理由だね」

「え？」

ただ働きをするつもりはない。

「な、何を考えてるのかよくわからんが、本当に大丈夫なのか？」

「そんな心配せずとも、私の強さは知っているでしょ」

「ああ、十分知ってるよ。だから自分を無敵だと思いそうで怖いんだよ」

「……狼おじさん？」

危地に赴こうとする私をじっと見つめる狼おじさん。

心から心配してくれているのが伝わってくる。

「出会った時、嬢ちゃんは空腹で倒れていたのに、最近の俺はそれを忘れかけてる。嬢ちゃんだって人間だ。いくら強くたって絶対なんてないはずだ。せめて、役に立たないかもしれないが俺も一緒に……」

「いや、僕が一緒に行くよ」

「ポ、ポポポ、ポルトーチラ様？」

ポチが狼おじさんを安心させるように、頭にそっと手（肉球）を置いた。

「大丈夫、森でのイレギュラーはさておき、メイが人間や魔物に後れを取るなんてことはない。心配はいらないよ」

「ポ、ポルトーチラ様……は、はい」

「でもギリアム、ちゃんとメイを見てくれてありがとうね」

「そ、そんな感謝の言葉なんて……もも、勿体ない」

狼おじさんの耳がぴくぴくと動いた。

神獣であるポチに直接名前を呼ばれて嬉しかったらしい。

「メイ、僕の背に乗って……二日で王都に連れてってあげる」

「ポチ、ありがとう」

「僕もフラウの死に顔なんて見たくないからね」

話が終わり、急いで旅支度をする。

マジックバッグから食料諸々を取り出し、自分が旅に持っていく最低限の荷物と分けておく。

無茶だけはしないように念を押されながら、獣人たちに見送られる。

ポチの背に乗って私は王都へと旅立つ。

「メイ、落ちないようにね」

「ん!」

猛スピードで山を駆け下りていくポチ。

がっしりとポチの背中の毛を掴む。支援魔法をかけ振り落とされないように。

ポチは現在、体長二メートルと平時より小さくなっている。

ポチは変身魔法で、ある程度は体長を変えられるのだ。

まぁ、十メートル超えの巨体で山を駆けおりたら森林破壊になるしね。

今のポチの姿なら神獣には見えないだろう。

ミニポチになって凛々《りり》しさの代わりに愛らしさを手に入れたポチ、完璧だ。

目まぐるしく変化していく光景。

獣人たちと一月近くかけて進んだ距離を、その十分の一以下の時間で踏破する。

目的地は魔物暴走《スタンピード》が起きようとしている『眠りの森』だ。

おそらくそこにフラウは向かうはず。

お願い……私が着くまで無事でいて。


突然起きた『眠りの森』での魔物暴走《スタンピード》。

その影響により王都は大混乱に陥っていた。

「おい、門を開けろ！」

「俺たちはここから逃げるんだよ！」

「駄目だ！　鍵を閉めて家の中にいろ！」

魔物に完全包囲される前に脱出しようと、荷物を纏めて門へと殺到する住人たち。

王都は大きな外壁に囲まれ、東西南北の街門を通じて中に出入りすることができる。

しかし現在、すべての門が閉められて通行不能になっていた。

槍を構えた兵士たちが、群がる住民たちに門から離れるように言う。

「早く戻れ、外は魔物でもっと危険だぞ！」

「街にいたって、いつまで安全かわからないだろうが！」

こうした住民のパニックを防ぐため、普通なら国で情報統制をするものだが、今回は前触れなく事が起きた。

鳥や虫型の魔物が外壁を乗り越えて上空を飛んだりと、住民たちに情報を隠し通せる状況ではなかった。

街に入った魔物は兵士により討伐されたが、住民たちは異常を感じ取る。

近隣のダンジョンで魔物の大発生が起きていることは即座に知れ渡った。

「現在、王国騎士団ら、戦える者たちが総出で魔物暴走《スタンピード》を抑えようと頑張っている！　信じてここで待つんだ！」

「だから、信じられないんだよ！　あんたらが！」

「っ！」

住民を説得する兵士たちだが、素直に従う者は門の前にはいない。

彼らも理由なく脱出を考えたわけではない。

「魔物暴走を抑えてくれていた大聖女《メイフィート》様もいない！　王子が追い出したせいで！」

「聞けばそれが原因で、神獣ポルトーチラを怒らせたみたいじゃないか！」

ホールの屋根を吹き飛ばしたり、上空に竜巻を出現させたり。

遠目ながら、ポチが暴れた光景を目撃した者はたくさんいた。

王子が神獣の怒りを買った、それは噂ではなく事実として知れ渡っていた。

その後の大聖女に対する突然の手配書の撤回も、その信憑性に拍車をかけた。

「こんな状況で信じて待てるかってんだ！」

「い、いいから下がるんだ！」

「やめろ！　壁をよじ登ろうとするな！」

興奮した住民たちを抑えるのに兵士たちは必死だった。


王都近傍、小山の中腹に存在するダンジョン『眠りの森』。

半円形の入口から魔物たちが絶え間なく出てくる。

『ギュオオオオオ！』

「うおおおおおっ！」

「くそ、倒しても倒してもきりがねえぞ！」

ゴブリンやオーガといったオーソドックスな魔物だけではなく、スリープバタフライやデスワームといった昆虫型魔物。

普段このダンジョンでは現れない魔物まで、戦場には溢れていた。

瘴気の急増により生じた魔物の大量発生。

魔物たちを食い止めようと、王国騎士団が奮闘する。

矢や魔法が飛び交う大混戦。王都はここから歩いて一時間足らずの場所にあるため、ここで魔物の数を減らそうと必死だ。

「ぐあああああっ！　デススコーピオンの尾が腕に！」

「急いであの人の解毒魔法をっ！　こっちの支援は私が担当するから！」

ない。


「は、はいっ……フラウ様！」

戦場にはメイフィートの親友である聖女フラウもいた。

本来魔物暴走《スタンピード》となれば、大聖女が赴くレベルの危険な災害だが、メイフィートは今ここにはいない。

現場で最も能力の高いフラウが聖女たちのリーダーとなる。

指示を受けた聖女が走り出し、騎士の青く変色した腕に解毒魔法をかける。

聖女は戦闘員ではないが、光魔法による騎士たちの支援、浄化魔法で少しでも瘴気を抑えるためにと連れてこられた。

与えられた役割を全うしようと聖女たちは懸命に動き回る。

ただ、同じ聖女でも能力には差があり、全員がきびきびと動けるわけではない。

「いやあああああっ！」

「無理、こんなの無理よおおおっ！」

「瘴気が濃すぎて……気持ち悪い、うぷ」

戦場慣れしていない聖女たちは濃密な瘴気に酔い、体内魔力を乱され、魔法一つ展開するのにも一苦労だ。

「こ、こっちに来ないでっ！　誰かなんとかしなさいよおおおっ！」

メイフィートを神殿から追放したイルマが悲鳴をあげる。

「馬鹿言ってんじゃねえ！」

「俺たちでなんとかしなきゃいけないんだよ！」

泣きわめくイルマを叱責する騎士たち。

「や、役に立たねえ！　防御結界で自分を守ることもできないのか」

「お、俺たちの邪魔しに来たのか、アイツらは……」

助けるために来た聖女が他の誰かに助けられる始末。

イルマ同様に、王都の危機ということで強制的に連れてこられた、実戦慣れしていない者は聖女全体の七割近くを占めていた。

メイフィートに危険な仕事を殆ど任せ、頼り切っていたことで、ここ数年で聖女全体のレベルは低下していた。

すべての魔物を入口で抑えきるのは不可能に近い。

騎士団の防衛網を抜け、王都に向かった魔物の処理には、王都の冒険者たちの協力を仰いである。しかし、向こうの戦力にも限度がある。

ゆえに、ここで数を減らしたいが、魔物の数は人間たちの数を圧倒的に上回っていた。

「いつになったら、魔物の勢いは止まるんだよ！」

「つぅか最初より増えてんじゃねぇか、これ」

「泣き言言ったって始まらないだろうが！」

「くそ！」

時間経過とともに動ける者は減っていく。

空から陸から地中からと襲ってくる魔物たち、場は大混戦だ。

「はぁ、はぁ」

「フラウ嬢、また騎士たちに全体支援魔法を頼む、じきに効果が切れる」

「は……はい」

髭《ひげ》を生やした中年騎士がフラウに支援を頼む。

彼の名はバウル、戦場全体の総指揮をとる王国騎士団長を務める男だ。

息切れしながらもフラウが支援魔法を展開。

戦士たちの支援に回復に、魔法の連続使用で精神を消耗するフラウ。

「すまない、無茶をさせているのはわかっているが」

「い、いえバウル様、そんなこと言っていられる状況じゃありませんから」

「くそ、せめてここに大聖女《メイフィート》がいてくれたら……」

神殿騎士はともかく、現場の騎士団のメイフィートへの信頼は厚い。

アンデッドの討伐任務などで、メイフィートと仕事をした経緯もあり、その実力を十分に知っていた。

「過去、これほど彼女のありがたみを感じたことはないな、手配書は無効となったが、助けに戻ってくる可能性はあるのか？」

「わかりません。でも、これで自分たちが滅んだとしても私はあの子を恨みません」

「全部、俺たちの自業自得……か」

「……はい」

バウルの言葉にフラウが頷く。

「アホ王子め、どうせなら神獣に殺されればよかったのに」

「いいんですか、騎士団のトップがそんなこと言って」

「知るか、どうせこのままでは長くないだろう、この国は……」

すでに彼《バウル》は、この地で命を捨てる覚悟をしていた。

無限に湧き出てくる魔物たち。自分たちで処理できる限界を超えている。

「陛下がいたら、この事態は未然に防げたのだろうか？」

「武王の異名を持っていたんですよね、確か」

「そうだ。私は大剣を片手に戦場を駆け回る、あの方の勇姿に憧れて騎士団に入ったんだ」

「もう長い間、陛下は病で寝込んでいると聞いておりますが……」

「……その話も王子たちの言だ、どこまでが真実か疑わしいがな」

ポツリと呟く騎士団長《バウル》。

その様子を怪訝そうに見つめるフラウ。

「すまない。大聖女に陛下、ここにいない人間や病人を頼るなんてどうかしている。私もかなり参っているようだ」

「……バウル様」

ダンジョンの穴からは、まだまだたくさんの魔物の咆哮が聞こえてきていた。

戦いは続き、時間経過とともに戦線にいる者の疲労は蓄積し、負傷者は増えていく。

戦場でまともに動けない、未熟と判断された聖女たちは騎士団長のバウルの指示で後ろに下げられた。

比較的安全な場所で、運ばれた怪我人の回復だけに専念させている。

魔物暴走《スタンピード》発生から数時間が経過。

「……まずいな」

戦場全体を見てバウルが呟く。

魔物の数は減らないのに、戦える騎士はどんどん減っていく。

このままでは騎士団の防衛網は破られてしまう。

現状を踏まえ、全体指揮をとっていたバウルは大きな決断をする。

「やむをえん、ダンジョンの入口を破壊するぞ！」

「「「え？」」」

その言葉に皆が驚愕する。

「し、しかしバウル団長！　ダンジョンは別名、瘴気の穴と言われています。こんな瘴気の充満した状態で塞げば何が起きるか！」

「わかっている……だが、どっちにしろ、このままでは私たちは全滅だ！」

「それは……」

部下の騎士に答えるバウル。彼自身にとってもこれは賭《か》けだった。

穴を塞ぐことで魔物の表出を防ぎ、少しでも時間が稼げればと考えたのだ。
他の者たちも迷いはあったが、状況はひっ迫している。
バウルの案を否定するだけの材料がなかった。
確かに策がうまくいけば、入口を塞いでいる間は外に溢れた魔物に専念、掃討できる。
壊した入口についてはその後でどうするか考えたっていい。
バウルの命令により、騎士団の魔法部隊が急遽集められた。
準備が整い、一斉にダンジョン穴へと魔法が放たれ、大きな衝撃音が轟く。
同時に、入口の岩盤がガラガラと崩れた。
「よし、完全に塞いだ！　今のうちだ！」
「「「はいっ！」」」
今が機と気合を入れ直し、眼前の魔物に集中する騎士たち。
彼らを全力でサポートする聖女たち。
そして十分後。彼らの奮闘により魔物がみるみる討伐されていく。
外の魔物の大部分が片付き、戦線が落ち着きを見せ始める。
ここまでバウルの策に問題はなかった。
作戦はうまくいったと誰もが思った。ただ一人を除いて……。
「あ、あ……」
突然、フラウの心に湧き上がる強烈な不安。

凍える寒さから身を守るように腕を胸元で交差する。

その様子を見て、心配したバウルが駆け寄ってくる。

「ど、どうした、フラウ嬢？」

「い、います……と、とてつもない存在を……感じるんです」

指を震わせ、すっと岩で塞がれたダンジョンを指差すフラウ。

この中で最も魔力感知能力が高い彼女《フラウ》ゆえに気づいた異変。

彼女が告げた直後。

『っ！』

ダンジョン内から大きな爆発音が轟き、塞いでいた入口の瓦礫が破壊される。

警戒しながら入口を見つめる冒険者や騎士たち。

砂煙の中から出てきたのは灰色の皮膚を持つ、たった一体の人型魔物だった。

「な、なんだぁ、派手な登場の割に」

「あ、ああ、また妙に弱そうなのが出てきたぞ」

彼らが拍子抜けしてしまうのも無理はない。

そこら中で死んでいるオークの方が見た目は強そうに見える。

サイズも成人男性と殆ど変わらず、二メートルもない。

目鼻はない、体躯も細く灰色の粘土で造られたようなのっぺりした人形。

なんという名前の魔物なのか、どんな攻撃を仕掛けてくるのか。

現状で答えられる者はいなかったが、その容姿を見て気の抜けた雰囲気が戦場に漂う。

「……ゆ、油断しては駄目です」

「フラウ嬢?」

「あ、あれはたぶん、そんな見た目通りの魔物じゃありません」

フラウの頬を伝い流れる冷たい汗。

尋常でなく警戒したフラウの様子を見て、指揮をとるバウルは慎重になる。

先ほど入口を破壊した時と同様に、魔法部隊が攻撃魔法を展開していく。

他の騎士たちも弓を構えて、反撃を受けにくい遠距離から攻撃を繰り出す。

正体不明の相手と戦う場合のセオリーだ。

矢が突き刺さり、業火や氷柱が灰色魔物に次々と直撃していく。

もし……という仮定の話を議論しても未来は変わらないが。

この場に灰色魔物と対峙《たいじ》した経験のある者がいたら、出会った瞬間逃げの一手を打ったことだろう。

彼らは、この時点で大きな過ちを犯していた。

その魔物に攻撃を仕掛けてしまったのだから……。

「あれ? な、なんだ、弱いぞ……」

「警戒して損した」

攻撃魔法により、飛散する灰色の肉片。

呆気ない結末……と思えたが、それは間違いだった。

「お前たち！　すぐに、そこを離れろ……」

「え？」

異常を早くに感知した騎士の一人が、前にいる魔法部隊に叫ぶ。

地面でピクピクと脈動する灰色の肉片。

それが一斉に動き出し、近くの魔物の屍に群がっていく。

肉の破片は魔物の肉片を取り込み、その数秒後。

「な、なんだよこれ」

「魔物が……ふ、増えた」

一体だった魔物があっという間に五体へと増えた。

その様子を呆然と見つめながら、誰もがその異常性に気づき始める。

「ひぃいいいいっ！」

「ど、どうしたらいいんだよ、こんなやつ」

増殖した灰色魔物に再度魔法攻撃を仕掛けるが、それは完全に逆効果だった。

傷つければ傷つけるほど、肉片が飛散し灰色人形は増殖していく。

魔物が取り込むのは死んだ魔物だけでない、草木まで取り込み、みるみる増えていく。

「バ、バウル様、も、もしかして」

「何かわかったのか、フラウ嬢？」

魔物の動き、その特性を見てついにその正体にフラウが気づく。

「この魔物……イ、インフィニティドール、だったり？」

「じ、冗談だろう？　あ、あの【島喰い】の逸話を持つ？」

「でも、この特徴……もう、そうとしか」

その名を聞き、戦慄するバウル。

インフィニティドールは過去一度として討伐記録のない魔物。

冒険者ギルドで最高危険度に指定されるＳＳ級魔物の一体だ。

その名前は有名である。

にもかかわらず、彼らが初見で正体に気づかなかった理由は、文献にのみ残された、過去一度だけしか出現していない魔物だからだ。

インフィニティドールが【島喰い】と呼ばれているのは、今から百年以上前、ある島が突如出現したこの魔物によって滅ぼされたからだ。

島に存在する木を、森を、魔物を、動物を、人間を……インフィニティドールは取り込み続けた。

最終的には取り込む餌がなくなり、島ごと海の中に消えていったと記録に残っている。

「ち、ちょっと待て、もし本当にインフィニティドールだとしたら」

「ええ、この国だけの問題じゃ済みません」

大陸中の国が協力して解決を目指すような相手だ。

そうこうしているうち、あっという間に魔物の数は増殖していく。

「こ、こんなのが島でなく、陸続きのこの国で暴れたりしたら……大陸中が」

ウインブル王国は肥沃の土地だ。インフィニティドールの餌はそこら中にある。

このペースで増殖していけば、遠くない未来、大陸中の人間がこの魔物の餌になる。

「い、いやあああっ！」

「くそっ、離れろっ！」

体を取り込もうとするインフィニティドールから逃れようと、剣を振り回す騎士。

しかし、剣で切り裂こうとしても武器ごと肉片に取り込まれる。

魔法攻撃も魔物の分裂行動を加速させる。抵抗する術はなかった。

もう、努力でどうにかなる局面ではなかった。

戦意は消え、迫りくる死の恐怖に支配され、騎士たちの動きは鈍くなっていく。

「フラウ嬢……限界だ、君は遠くへ逃げろ」

このままでは間違いなく全滅する。覚悟を決めたバウルがフラウへと告げる。

「そ、そんな、私も聖女の端くれです、皆さまとここで……」

「君はまだ若い、俺たちと運命を共にすることはない、残った聖女たちを連れて逃げるんだ」

「で、ですがっ！」

「逃げることは恥ではない。もしこの魔物を止められなければ多くの者が傷つく。君たちが生きていればたくさんの命を救え……フラウ嬢、後ろっ！」

「え？」

『ガアアアアアッ！』

気づかぬうちにフラウの背後に接近していたアンデッドオーガ。

逃げる間もなく、フラウの身体に振り下ろされる巨大こん棒。

「まだ他の魔物が残っていたのか……ぐっ！」

「バ、バウル様！」

こん棒がフラウの身体に届くことはなかった。

フラウを強引に腕で引っ張り、自身の身体を盾にして守るバウル。

しかし、フラウを救ったことと引き換えに重い傷を負ってしまう。

棍棒により変形した鎧が傷の痛々しさを伝える。

慌てて、フラウが上級回復魔法《ハイヒール》を唱えようとするが……。

「……うう、こ、こんな時にっ！」

魔法の連続使用がたたり、フラウの魔力はすでに空っぽに近かった。

上級の回復魔法を使う魔力は残っていなかった。

他の聖女たちに協力を求めるが、皆、魔力の大部分を使い尽くしていた。

「む、無駄、だ」

「あ、諦めないでくださいっ！　絶対に助けますからっ！」

『グオオオオオオ！』

非情にも轟く魔物の咆哮。

「この、傷では……もう、助からない。い、け……フラウ嬢」

口から零れる血液、立ち上がることもできない。

消えそうな命の灯。

「背後を、見るな……振り返らず、行け」

「ああ、ああああっ！」

私の死を無駄にするな、と……フラウに告げる騎士団長《バウル》。

バウルの言葉にフラウの瞳から大粒の涙が零れる。

走り出すフラウを見て、バウルは思う。

「未来ある若者を守り、死ぬ……か、騎士としてはなかなか悪くない死に様、だ」

バウルに止めを刺そうと、アンデッドオーガのこん棒がふり降ろされた。

その直後。

「私は嫌いだな、そういう自己満足は……」

「……え？」

空から小さな声がして、アンデッドオーガの足元に展開される巨大な魔法陣。

『セイントファイア』

強烈な青い光が上空から降り注ぎ、アンデッドオーガを一瞬で焼き尽くす。

魔物消滅と同時、ズシンと大きな着地音。

「恰好良く死なれるよりも、生きていてくれた方が何万倍もいいに決まってる」

威風堂々と戦場に現れた白狼、その背中には白ローブを着た若い女。

白狼の背から飛び降り、気絶したバウルに回復魔法をかけて傷を癒やしていく。

「ふぅ……ギリギリ間に合って、よかったよ」

「あ、あぁ……」

その光景にフラウの目が大きく開く。

騎士団長の無事を確認し、フラウの元へと白ローブの女が近づいてくる。

「久しぶり、フラウ」

「メ……メイイイィッ！」

約一か月ぶりの再会を果たした二人だった。


「も、戻って来てくれた」

「当たり前でしょ、友達の危機だもの」

何を置いても助けに行くよ。涙の止まらないフラウの頭を撫でる。

「怖かったよね、後は私がなんとかするから、休んでて」

「メイィ……うう、あ、ありがどぉ」

でも、本当に間一髪のところだった。

騎士たちは傷だらけ、フラウ以外の聖女たちも魔力切れ寸前の人が殆ど。

グレモリアスと連絡を取るのがあと少し遅かったらと思うと、ゾッとする。

「ふふ、無事でよかったね、フラウ」

「えと、あ、あの……貴方はもしかして」

「危うく王宮での約束を破るところだった」

ミニポチがフラウに優しく微笑む。

私とポチを交互に見て、フラウは色々と経緯を察したようだ。

さて、久しぶりに再会したことだし楽しく雑談でも……と、いきたいが。

まずは目の前の脅威を片づけるのが先だ。

(それにしても……なに、これ)

この戦場に来た時は本当に驚いた。魔物暴走《スタンピード》に遭遇した経験はあるが、今回のケースはまた特殊というか。

通常現れる魔物はもっと統一性がないはずだが……。

百体以上いる謎の灰色人形が戦場を走り回り、逃げる戦士たちに襲い掛かっている。

「ちょっと、調子に乗りすぎだよ」

急ぎ、戦場にいる人たちを個別に囲う魔法結界を展開する。

「ひいいいいっ……え？　痛くない」

「こ、攻撃が届いて、ない？」

これ以上、皆が傷つくことがないように。私の結界の中に閉じ込めた形だ。

「だ、誰だ……あの白魔導士は？」

「信じられん、これだけ強固な結界を、この人数分一瞬で？」

「こ、こんな真似ができるのは……まさ、か」

この身に突き刺さる視線。

一体何者かと目を見開く騎士、フードで顔を隠すも正体に勘付き始める聖女。

後で面倒になるかもだが、考えるのは危機を乗り切ってからだ。

皆の安全確保をしたところで、大量に存在する謎の灰色人形と対峙する。

「よくも泣かせてくれたね、私の親友を……」

視界を埋め付くす灰色の人形魔物たち。

この魔物にどの程度の知性があるのか不明だが、攻撃を妨害されて一斉にこっちを見たような気がした。

灰色魔物たちが私に飛びかかって来る。

「駄目、メイ！　それに直接触れちゃあ！」

「ん？」

フラウが叫んだ直後、私の腕に、足に、人形が抱き着いてきた。

体に纏わせておいた魔法障壁がガリガリと削られている。

魔力を食べられている感じだ。しかもなんか、大きくなってない？

「こんな謎生物を育てる趣味はないんだよ」

私に掴まっている人形の手を、大きくぶんと振り払う。

勢いよく樹木に叩きつけられて、あっさりとバラバラに。

随分貧弱だなぁと思いきや、それらの肉片は木々を取り込み始め……。

「うぅわ、増殖した」

「ああ、やっぱりこいつか……面倒なのが」

その光景を見たポチが、眉を顰《ひそ》める。

「ポチ、知ってるの？」

「うん、だって以前僕、島ごとこいつを消滅させたからね」

百年くらい前の話。ポチがお昼寝してたら「お前今、暇してんだろ……ちょっとやばい魔物が出現したから片づけて来て」と、神様に言われたらしい。

神様がやばいと表現し、ポチが面倒とまで話す魔物か。

会話中にもまた体に纏わりついてくる人形たち。

魔物は私だけじゃなくポチの方にも向かっていく。

ぶんぶんと蹴っ飛ばしたり、放り投げたり、夏場の虫を払うように会話を続ける。

「名前はなんだったかな？　ええと、確か、イン、インフィ……」

「イ、インフィニティドール……ではないですか？」

「そうだ、それだ」

私の結界の中にいるフラウから声が届く。あの【島喰い】の魔物か。

魔物に埋め尽くされ消滅した島の話は私も聞いたことがある。

最終的に島を食べて海に消えたとか聞いたが、最後はポチが吹き飛ばしたんだね。

ポチが倒さなければ、今度は海の生態系にまで影響が出るところだったとか。

フラウから解説を聞き、魔物の特性を理解する。

「再生、分裂、吸収のサイクルを繰り返し、下手な攻撃は逆効果……か。強いっていうか厄介だね。なんでこんな大災害レベルの魔物が、突然出てくるの？」

「メイ……たぶん、あれだよ」

ポチがダンジョンの入口を見る。一度壊れたような跡が残っていた。

「あれは君たちが壊したのかい？」

「は、はい」

ポチの質問にフラウがこくこくと頷く。

「ダンジョンは瘴気の集まる穴だ、魔物暴走《スタンピード》が起きてる状況で穴を塞げば、そりゃあ内部の瘴気密度が更に高まって、こんな化け物が生まれてもおかしくないさ」

「なるほど……まぁ現れちゃったものは仕方ない。ポチ、対策はある？」

「増殖する時間も与えず、範囲攻撃で塵《ちり》も残さないように一瞬で仕留める」

「なるほど、シンプルでわかりやすいね」

とはいえ、人間の扱う魔法だと威力が足りないから難しいかも、と補足するポチ。

なんにせよ、簡単にできる状況じゃないよね。

範囲攻撃で一掃するにも、孤島ならともかく、王都近郊でそんな魔法を使っていいのかという問題もある。

かといって、すでに何百体と増殖した人形は個別でぷちぷち倒してもキリがない。

増殖した人形は散開し、視認するのも一苦労な状況。

もしかしたらですに、ここではないどこかへ向かった人形もいるかもしれない。

魔物の性質上、一体でも取り逃すことは許されない。

放っておけば鼠算《ねずみざん》式に増えていくわけで……。

こうして考えている間にも、周囲の餌を取り込み増殖していく人形たち。

「魔物の死体処理に困らないのだけは利点かな」

「ほ、放っといたら私たちまで処理されちゃうって！」

背後からフラウの声。

「こういう時はポジティブに考えた方がいいよ」

だが、ここで弱音を言っても始まらない。

経験上、冷静になればチャンスというのは結構転がってるものだ。

（ま、後は任せてとか、友達の前で恰好付けちゃったしね）

「これは……一筋縄でいきそうにないかもね」

「……ん？」

何気なく呟いたポチ。魔物に関するただの感想のはずなのに、妙にその言葉が引っかかった。

灰色魔物を振り払う、破裂し分裂して再び増殖する。

そのサイクルをじっくりと観察し、打開策がないか考える。

「ああ……やっぱり」

「メイ？　何か気づいたのかい」

「うん、どうにかなりそう」

見た目はまったく同じ人形。私はこの人形が分裂後、完全に別々の個体になると思っていたが、それは大きな勘違いだった。

魔力感知で人形たちを調べてみると、魔力パスが各人形間で繋がっていることに気づく。

つまり、各個体が魔力の縄で繋がっているということだ。

個体ごとに独立していない。だとしたら……。

「ポチ、最後だけ力を貸してもらってもいい？」

「ん？」

作戦概要を簡略的にポチに伝える。一つ試してみたいアイデアが浮かんだ。

「なるほどね、面白い」

「単純だけど、成功すればインフィニティドールだけを一網打尽にできると思うんだ」

「いいよ……わかった」

ポチと打ち合わせを終え、私は一番近くにいる人形の元へと走り出す。

人形はどれだけ殴っても分裂するから無意味……だけど、これならどうかな?

『フルヒール』

最上級の単体回復魔法をインフィニティドールの一体に叩き込む。

治癒の光が魔物を包み込む。

魔物に回復魔法をかけても、アンデッド以外にダメージはない。

寧ろ人間と同じように回復させてしまう。

だけど……それでいい、それがいい。

「な、なな、なんだぁ……?」

「うおおおおおおおおっ!」

騎士団員たちが驚愕する。それは異常な光景だった。

磁石に砂鉄が集まるように、数百体を超える人形たちが私の手元へと。

回復魔法をかけたインフィニティドールの元へと引き寄せられていく。

所詮、どれだけ分裂しようが元は一つだったものだ。

分裂しても各個体が魔力で繋がっているならば、回復魔法をかけることで傷を直すのと同じように、失った部位(分裂個体)を戻そうとする力が働く。

「ま、こんなもんかな」

二十メートルを超える灰色の巨大ボール(のようなもの)が出来上がる。

しばし待ち、すべてのインフィニティドールが集まったのを確認。

それらを結界で閉じ込めたあと、上空へと放つ。

「ポチ、お願い」

「任せてメイ！」

私の合図を受けてポチが巨大ブレスを空に発射。

上空の雲ごと、人形は完全に消滅したのである。


「うわああああっ！」

「やった！　俺たち、生き残ったぞおおおおっ！」

災厄級魔物、インフィニティドールの掃討に成功。

歓声があがり、騎士や聖女たちが大喜びしている。

うんうん、よかった。本当によかった……しかし。

（どうしたものかなぁ）

その後は必然、窮地に颯爽《さっそう》と登場した私たちに視線が集まる。

そりゃもう、身体に穴が空きそうなぐらい注目を浴びているわけで……。

どう正体を誤魔化そうか考えていると、一人の聖女が前に出てくる。

「あ、あの……貴方は大聖女様《メイフィート》……ですよね？」

「……」

なんか、名乗る前から完全にバレてるんですけど。

「私はどこにでもいる流浪《るろう》の白魔導士だよ、見てごらんよ、このローブ」

「う、嘘ですっ、絶対に嘘です！」

「私たちがこれまで何度、メイフィート様の魔法を見てきたと思っているんですか！」

「フラウ様とも仲良さげでしたし！」

「……う」

駄目だ、誤魔化されてくれない。

どう見ても納得していない聖女たちから、疑いの眼差し。

相手が強かったせいで、豪快に魔法を使ってしまった。

「ここにいる全員を守りつつ、災厄級魔物まで倒す。こんな芸当ができる白魔導士が何人もいるなら、聖女や神殿の存在意義が問われるな」

「……」

元気になったバウルさんが私の元に歩いてくる。少し前に目が覚めたようだ。

ここにいる騎士団や聖女たちとは仕事をした過去もある。

フードで顔だけ隠しても、魔法を見られれば誤魔化せないか。

「それに、先ほど凄まじいブレスを放った隣の白狼だが……」

「違います」

「ま、まだ何も言っていないぞ」

バウル騎士団長がミニポチを一瞥する。

「ふぅ、しつこいけど、何度でも言うよ……私は大聖女じゃない」

「「大聖女様《メイフィート》！」」

「友達を助けに駆け付けただけなんだよ。決して国や民衆を救いにきたわけじゃない、変に期待されても困るんだ」

「……メイ」

正体はバレバレだけど、それでも体裁は大事だ。

戻ったことを国民たちに言うつもりはない。

自分のスタンスをはっきりと告げると、沈黙が場を支配した。

「……わかった、君の考えは」

「「バ、バウル様っ！」」

騎士団長の言葉に聖女たちが振り向く。裏切られたような顔だ。

「命の恩人を困らせるのは、さすがに無粋だ。君がそう言うなら、そういうことにしよう」

「うん、そういうことでお願い」

「お前たちもそれでいいな！」

『はい！』

「では、謎の白魔導士に最大級の感謝を……」

バウルさんの言葉に合わせて騎士たちが一斉に敬礼をした。

よし、これで解決……と、綺麗に終われればいいんだけど。

「やっぱり君たちは……納得できないかな」

「大聖女様《メイフィート》、やはりもう……戻ってきてはいただけないのですか？」

「いやだから、私は大聖女じゃないって」

「「…………」」

「だけど……ごめんね」

真っすぐ見つめてくる聖女たちに耐えきれず、素直な気持ちを伝える。

目の前の子たちは聖女として各地で立派に活躍している子たちだ。

人々を守り癒やし、救うために献身する聖女。

私を追い出した時に神殿にいた聖女たちとは違う。

個人的な付き合いはないが、何人かは任務で私のサポートをしてくれた記憶がある。

貧民街出身の私は風の神殿の聖女たちには嫌われていた。

だけど、全員ではない。フラウのように貴族でも友達になってくれる子がいたように。

それでも私は……やっぱり。

「君たちには申し訳ないけど、私はもう大聖女に戻りたくない」

「もう私たちを信頼できませんか？　微力ですが、今度は私たちもメイフィート様のお力になれればと……」

「信頼もあるけど、それだけじゃないよ」

組織のすべてが腐っているわけじゃない。

一部には彼女たちのような子もいる。それはわかっている……でも。

「イクセル王子が私に大聖女の資格はないって言ったんだけど、それは案外間違いじゃないと思ってる」

「そんなっ、過去誰よりもたくさんの人々の命を救ってきたメイフィート様に資格がないなら、誰に資格があるというのですかっ！」

「……そこだよ、私は命が等しく価値があるとは思えないから」

「え？」

私の返事に聖女たちがキョトンとした顔になる。

「ど、どういう意味ですか？」

「言葉通りだよ。万人を愛し、自身を犠牲にしてでも他人を助ける。それが聖女の理念だけど、私は命に優先順位をつける」

赤の他人よりも親友を優先する。それは人間としては当たり前かもしれない。

だけど、万人を救う役目を持つ聖女としては欠陥だ。

そんな考えだから、人間を最優先で助けようとも思わない。

リドルブの街で、迷わず獣人たちの味方をしたように。

「たぶん聖女として生きるには私は歪みすぎてる。これまではただ、皆の思う理想を演じていただけなんだ。育ててもらった先代大聖女との約束を守るためにね」

「…………」

「だから……ごめんね」

黙り込む聖女たち、がっかりしただろうね。

私は綺麗な部分しか見せてこなかった。

そんな以前の私しか知らない彼女たちなら猶更だ。

「幻滅、してくれてもいいよ」

「「っ！」」

貴方たちにはその権利がある。私がそう彼女たちに告げると……。

「か、勝手に私たちの気持ちを決めつけないでください！」

「どうして、そんな悲しいこと言うんですかっ！」

「……え？」

目に涙を浮かべながら、怒ったように聖女たちは叫んだ。

強い反論、予想外の反応に私は戸惑う。

「たとえこれまでが偶像でも幻でも、貴方は今こうして私たちを助けてくれたじゃないですか！」

「思いはどうあれ、結果としてまた多くの命を救ってくれた」

聖女たちが感情を露《あら》わにして叫ぶ。

「それに……演技だったとしても、そんな貴方に憧れてこれまで頑張ってきた人も、ここにはいるんですっ！」

「過去のすべてを否定する言い方は……しないで、ください」

「……わかったよ」

ごしごしと目を擦《こす》る聖女たち。

まさかこんなに感情を露わにされるとは思っておらず、戸惑った。

「君たちとここで話ができてよかった」

私はゆっくりと聖女たちの元へと歩いていく。

大聖女だった時は激務ばかりで疲れ果てていた。

周囲を見る余裕も殆どなく、いい思い出なんかなかったけど。

「改めてごめんね。それとありがとう……よく頑張って持ち堪《こた》えてくれたね」

『メイフィート様あああああっ！』

駆け寄ってくる聖女たち。

彼女たちの気持ちを知って、ほんの少し昔の自分が救われた気持ちになった。

「ありがとう、貴方たちの気持ちは十分に伝わったよ」

「「「メイフィート様、じゃあ！」」」

ニコリと聖女たちに微笑む私。期待するような目で見てくるが……。

「絶対に神殿に戻りはしないけどね」

「……うぐ」

「や、やはり、そこは駄目ですか」

「駄目」

やっぱり譲れない。私には獣人たちを助けたりと、やるべきこともある。

とはいえ……聖女たちも返事はわかっていて聞いた様子だ。

「あはは、ごめんね」

「「……っ！」」

自然と溢れた笑み。

ちょっとした冗談混じりのやり取りをしていたら……。

「い、いいいい、今の顔見たか？」

「やばい……は、反則だろ、あんなの？」

突然、胸を押さえる騎士たち。何やらぶつぶつ言っている。

戦いの傷でも開いたのだろうか？

「ど、どうしたの？　大丈夫？」

「君は、いい顔をするようになったな」

「バウルさん？」

「作り物めいた人形ではない……その方が余程、魅力的だ」

「そ、そう」

少し照れてしまったけど、嬉しいことを言ってくれるね。

大聖女だった時、周囲から綺麗と言われたことはある。

だけど、素の自分を褒められた方が何倍も嬉しかった。

「メイは、これからどうするの？　北の大地に戻るの？」

「うぅん」

どうしたものか、正直迷っている。

「フラウたちは？」

「そうね、私たちはこれから『眠りの森』の瘴気の浄化作業、かな」

インフィニティドール含め、発生した魔物は大部分片づけた。

しかし、ダンジョン内の瘴気を取り除かない限り魔物は次から次へ生まれてくる。

この瘴気の浄化活動が本当に大変なのだ。ダンジョンに入って地道に全フロア探索しなければいけないのだから。

「それが終わったら、各地のダンジョンに派遣されることになると思う」

神殿破壊の影響で瘴気が増加したのはここだけではない。

急場は凌いだけど、聖女である彼女たちはまた危地に向かわなければいけない。

「メイ、今日は本当にありがとうね、後は私たちで頑張るから」

「最後に、メイフィート様ともう一度会うことができてよかったです」

「………」

ついさっき死の間際だったたっていうのに……。

また誰かのために命を懸けられる。そこに迷いはない。

そんな彼女たちこそが真の聖女なのだろうと私は思う。

だけど……。

（もやもやするなぁ……）

「できるの……本当に？」

「なんとかしてみせます！」

「いつまでもメイフィート様に頼ってばかりじゃいられませんから」

「………」

返事は元気があるけど。駄目だ、やっぱり凄くもやもやする。

彼女たちが頑張ろうとすればするほど。

その決意を知れば知るほど、もやもやしてしまう。

「メイ……貴方がいなければ私たちは全滅していたわ」

「フラウ？」

「そんな顔をしないで、貴方は自分で言ったように、もう大聖女じゃないんだから……これ以上重荷を背負うことはないのよ」

気にしないでとフラウが笑顔で言う。

「なんで、なのかな？」

「「メイフィート様？」」

「なんで……」

(貴方たちばかりがそんなに頑張らないといけないの？)

溢れそうになった本音。なんでこの腐り切った国を救おうと思うの？

自分たちの生まれ育った国だから？

人を助ける光魔法の素質があったから？

貴族に生まれ、正しく生きるべきと教わったから？

だけど、貴方たちがどれだけ命を懸けて頑張っても、きっとあの王子たちは何も感じない。

職務を全うして死んだとしても、感謝の言葉一つ口から出しやしない。

私のような義理や恩で動くのと、彼女たちの行動理念は違う。

それを私の心は受け入れられない。

ああ、駄目だ。やっぱり私は全ての命が等価値とは思えない。

(死んで欲しくないな……貴方たちには)

正直、フラウを助けた後、王国に干渉するつもりはなかった。

だけど……。

「フラウ、私が大聖女になって、何年仕事したかな？」

「四年でしょう、どうしたのよ突然……自分でも言っていたじゃない」

「そうだけど、正確な時間は？」

「ええと、メイが就任したのが森の日の二週目で、神殿を出たのが炎の日の二週目だから……三年と三百六十四日だね」

「うん、つまり……そういうことだ」

「？？？」

会話の意図が理解できず、キョトンとした顔のフラウ。

育ててくれた四年分は大聖女として働く。それが私と婆さんの約束だった。

その約束の期間が……あと一日残ってる。

「フラウたちはちょっと頑張りすぎだよ」

「メイ？」

「ま……引き継ぐくらいはちゃんとしてあげようかな」

貸し借りはきっちりしないとね。もやもやするからね。

「ふふ、メイのそういうところ、僕は好きだよ」

「ポチ？」

「素直じゃないけどね」

「う」

からかうようにポチが言った。

「じゃあ僕からも、ちょっとだけ……サービスしようか」

のっし、のっしとダンジョンの穴に向かっていくポチ。

ペタンと入口に背を向けてしゃがんだあと、穴を塞ぐように巨大化した。

「「うおおおおおっ！」」

「や、やはり神獣ではないか！」

バウル騎士団長が私の肩を掴んで揺らす。

その光景に驚愕する騎士たち、腰を抜かす者までいた。

「僕（神獣）が暫くここにいれば、このダンジョンの瘴気も収まるはずさ……こうやって塞げば入口から魔物が飛び出すこともない」

ちょっと特殊な浄化手段だと思えばいい、とポチ。

「ポチ、協力は嬉しいけど、何度も介入すると後で神様たちに怒られたりしない？」

「まぁ、いい顔はされないだろうね……でも大丈夫、僕はここに座っただけだ。他に何もしていない」

「なるほど、確かにその通りだね、ポチ」

「い、いいんだ……それで」

フラウがその光景を見て呟く。バレバレでも体裁は大事だよね。

これで瘴気の浄化に関しては一先ず解決だ。

「バウル……だっけ？」

「え？　……はっ！」

ポチに声を掛けられ、畏《かしこ》まるバウル騎士団長。

「わかっていると思うけど、今回限りだからね」

「も、勿論です！」

穴から出てきた後、守りをすり抜けて王都に向かった魔物はまだ残っているはずだ。

後は自分たちでどうにかしろ、ということだ。

街の冒険者も対処しているが、彼らだけで絶対にどうにかできる保証はないしね。

「じゃあ、せっかくだし私からも……」

魔力を解放して手を空にかざす。地面に展開される無数の幾何学模様。

「あ、暖かい光だ……」

「傷が治っていく」

光を浴びた騎士たちの目に活力が戻る。

まずは全体回復魔法で傷を全回復、それから全員に支援魔法を展開していく。

物理防御、魔法防御、身体性能諸々を魔法で強化していく。

そして仕上げに『エナジーシャワー』、疲労を忘れことができる魔法を。

「これなら今すぐにでも戦える！」

「うおおおお！　久しぶりのメイフィート様の魔法だ！」

まるで開戦当初に戻ったような元気さを取り戻す騎士たち。

あくまで疲労を忘れるだけなので、調子に乗ると後で酷いことになるけどね。

「ここからは我々の手で危機を乗り越えて見せます。手厚い支援までいただいたのですから！」

ポチに宣言するバウル団長。元気になった騎士たちと王都へと戻っていく。

「フラウたちは魔力が回復するまで休んでいるといいよ、ポチの傍ならまず安全だから」

「メ、メイはどうするつもりなの？」

「曖昧にしていた、決着をつけにいこうと思ってね」

私もこれから王都へと向かうつもりだ。

本当は目的だけ果たしたら、北に帰るつもりだったんだけどね。

フラウたちを見ていたら気が変わった。

「メイ、僕はここから動くことはできないけれど、一人で平気かい？」

「大丈夫だよ……失敗するかもだけどね」

「その時はその時だ。だけど……どんな結末だろうと僕は君の味方だよ」

「ポチ……ありがとう」

ポチがにこりと微笑んだ。

別れる前にポチのもふもふボディをギュっと抱きしめる。

元気をたくさん貰えたような気がした。

さて、王国が生き残るか滅びるか、その未来を決めに行くとしようか。

王国中を襲った未曾有《みぞう》の危機。

王城の一室で、嵐が過ぎ去るのを震えながら待つ王子二人と神殿長。

しかし、彼らの願いとは裏腹に、舞い込むのは予想を上回る騎士団の被害報告や魔物の数といった悪い話ばかりだ。

「……イクセル、お前のせいだ」

「あ、兄上？」

精神的な負荷が重なり、最初に我慢の限界を迎えたのは第一王子《ワルズ》だった。

「こうなったのは全部、お前のくだらない企みのせいだっ！」

「な、何故私が原因になるのですかっ！」

「お前が神獣の怒りを買ったからだ！　このタイミングで魔物暴走《スタンピード》が起きるなど、他にどんな理由が考えられるというんだ！」

「ぐっ！」

弟《イクセル》の胸倉を掴みあげ、壁に叩きつける。

第一王子と第二王子、普段の兄弟仲は悪くない。ワルズは弟が愚かで馬鹿だと思っていたが、王位に付きたいワルズにとって、弟は愚かな方が都合よかった。

幸いというか、弟は権力を行使して遊ぶのは好きだが、王位や政治にはそこまで興味はなかった。

だからワルズは、弟が多少我儘で問題を起こしたとしても、余計なことを考えず、今の地位に満足してくれているなら大概のことは許した。

だが、それは少し前までの話だ。今回イクセルは取返しのつかない失敗をした。

「たった一人の女と結ばれるために、よくも王国を滅茶苦茶にしてくれたな」

「あ、兄上も祝福してくださったではないですか！」

「黙れっ！　やり方が雑で乱暴だったと言っている！　そもそも、大聖女であるメイフィートを追放する必要まではなかっただろうが！　地位の問題だけなら、もっと時間をかければうまい手段はあったはずだ！」

「それは……」

「あの娘は魔物暴走《スタンピード》を抑えこんだ経験もある。もし王国にいれば、間違いなく強力な駒《こま》になった。戦況も変わってきたはずだ！」

「ぐ、も、申し訳ありませっ」

「たわけが！　今更、謝ってすむような問題か！」

苛立ちをぶつけるように、壁にイクセルを押し付ける。

弟に怒鳴り散らす第一王子《ワルズ》。

実はワルズ本人も、夜会ではメイフィートのことを小娘一人が逃げただけのこと……と楽観発言をしていたのだが、彼は自分に都合の悪いことは考えない。

「わ、ワルズ殿下、お怒りは理解できますが、どうか冷静に」

「何故他人事《ひとごと》のような顔をしている、ファウセスナス！　当然お前にも責任があるぞ！　寄付金と引き換えにくだらぬ企みに便乗しおって、イクセルを止めなかったお前も同罪だ」

「そ、そんな……」

その怒りの矛先は次に神殿長の方へ。始まる責任の押し付け合い。

「この国はもう……終わりかもしれん。貴様らは今から命をかけて少しでも侵攻を止めてこい！　俺はその間に逃げる！」

「そ、そんな無茶な」

「じ、自分一人だけ助かるつもりですか！　兄上！」

「当然だろうが、貴様らの責任なのだから！」

逃亡の準備に入ろうとするワルズ。

「殿下、城には陛下もいらっしゃるのですよ！」

「ふん、それがどうした？」

ファウセスナスが止めようとするが、ワルズは耳を貸そうとしない。

「あんな老人がどうなろうと知ったことか。苦しまず眠ったまま死ねるのだから、感謝して欲しいぐらいだ」

「そ、そんな……ん、老人？　病人ではなく？」

「あ、兄上っ　そのことは！」

「……ち」

ワルズの言葉に違和感を覚えるファウセスナス。

国王の年齢はまだ四十半ば、老人と呼ばれるような年齢ではない。

口が滑ったといった顔のワルズ。その時だった。

「し、失礼します！」

兵士が慌てた様子で部屋に入ってくる。

どうせまた、魔物暴走《スタンピード》に関する碌でもない情報だろうと三人は顔を顰《しか》めたが……。

「殿下方に謁見したいという人物が城に」

「馬鹿か！　こんな時に人と会ってなどいられるか、失《う》せろと言え！」

「し、しかし、そのお相手がお相手でして」

「なに？」

「それに、今すぐに話がしたいと……もう、そこに」

報告に来た兵士の後ろの扉から現れたのは、白ローブを纏った少女。

「だ、誰だ、貴様は？　そんなローブで顔を隠して、胡散《うさん》臭い奴め」

「酷い言い方するなぁ、顔を隠すようになったのは、君たちのせいなのに……」

「っ！」

「な、なに？」

その返答に困惑するワルズ。

一方、その声に即座に反応したのはファウセスナスとイクセル。

女は王子たちの戸惑いをよそに、堂々と前へと進む。

「まったく、兄弟喧嘩もここまでくると笑えないね、外まで声が聞こえてきたよ」

「……まさ、か」

唇を震わせるイクセル。

神殿長と王子たちの前に立ち、ローブの女がフードをばさりととると。

青く長い髪が背中に広がった。

「久しぶりだね王子様。顎の痛みは消えたかな？」

その姿が露わになり、三人の目が見開いた。


「き、きき、貴様っ、何故ここに……何をしに来た！」

神殿でアッパーカットされた因縁もあり、憎々しげに叫ぶ馬鹿王子《イクセル》。

「……なにって」

勿論、用事があったからに決まっているでしょ。

「魔物はびこる中、酔狂でこんな場所にやってきたりはしないよ」

「貴様は、ほ、本当に、あのメイフィートなのか？」

「ん？　そうだよ、ワルズ殿下」

殿下が半信半疑の様子で私の顔を見ている。

「ああ、聖衣を着てないからわからないかな？」

「そうではない。い、以前見た時とは雰囲気が全然……」

「ああ、もう聖女の演技はやめにしたので、これが素だよ」

正面から、まっすぐに相手の目を見て話す。

以前の大人しい私だったら、互いの立ち位置を考慮して一歩下がってただろうけど。

こちとら罪人扱いされ、神殿を追放された身だ。

王族相手だろうが、媚びる理由は最早微塵もない。

「そ、そうか……いや、だが来てくれたのなら助かる。王国を救ってくれ！　メイフィート」

「は？」

突然、何を言っているのかこの男は……。

「望むなら大聖女の地位も元に戻そう！　称号をはく奪されたのが許せないのであれば、愚弟の命ならいくらでもくれてやるぞ！」

「あ、兄上っ！　そんな！」

「黙れ、貴様の命で王国を救えるのであれば安いものだ。貴様も偶《たま》には兄の役に立つのだ！」

も、もの凄く簡単に弟を切り捨てたね。

兄弟仲は悪くないと聞いていたけど、追い込まれると本性が出るものだね。

「いや、いらないよ、そんなもの」

「そ、そんなものだとぉ！」

激昂《げきこう》するイクセル、相変わらず面倒な男だなぁ。

構っていると時間が勿体《もったい》ないので無視して話を進める。

「とにかく、嫌なものは嫌だってば……」

「な、何故だ？　今回の魔物暴走は神獣が原因なのだろう？　ならば友である其方《そなた》が神獣に頼めば」

「あぁ、やっぱりわかっていなかったんだね」

「な、なに？」

私は手を伸ばし、神殿長を指差す。

「今回の魔物暴走と神獣は関係ない。騒動を引き起こしたのは神殿長……貴方なんだよ」

「わ、わし？」

王子二人が一斉に神殿長を見た。

神獣たちから聞いた神殿の本来の役割について三人に話す。

瘴気を抑える神殿、その一部を破壊したことで災害が引き起こされたことを。

話を聞き、三人の表情が険しく変化していく。

「フ、ファウセスナス！」

「貴様、なんということをしてくれたのだっ！」

王子二人の敵意が神殿長に向けられる。

「で、でで、出鱈目だ！　そうに決まっている！　メイフィート、貴様はワシに恨みがあるはずだからな。信じてはなりませんぞ、殿下！」

「まぁ恨みは勿論あるね、でも……嘘じゃないよ」

神殿長が認めたくない気持ちはわかるが、事実である。

時系列をしっかり見直せば、矛盾がないことに気づくはずだ。

「まぁ幸いというか、魔物暴走《スタンピード》が起きたから、神殿の工事は一時的に止まっているみたいだけどね。もし全部壊していたら、これじゃすまなかったってポチは言ってたよ」

だが、一度生まれた瘴気は簡単には消えない。

他のダンジョンも、今すぐ魔物暴走《スタンピード》が起きることはないが、のんびりしていたら王国は滅ぶ。

「でも悪いニュースばかりじゃないよ、『眠りの森』の魔物暴走《スタンピード》は無事止まった。ポチも協力してくれたしね」

「し、神獣がっ？」

「そ、それは本当か？」

「今回だけは特別サービスだってさ」

驚く三人。まぁ、ポチが王都を襲撃したのはつい先日の話だ。

助けるなんて想像できないだろう。

「ダンジョンから溢れて王都に向かった魔物も、騎士団や冒険者が掃討している。命を懸けて頑張っている人がいる。まだまだ捨てたものじゃなかったね、この国もさ。まぁ、上の方々は逃げようとしていたようだけど」

不愉快そうに舌打ちするワルズ王子。

「……ち」

部屋の三人を見回し、呟く。

「それでメイフィート、本題はなんだ？」

「うん？」

「そんな皮肉を言いに、わざわざここに来たわけじゃないだろう」

話が早いね、いいことだ。

「貴方たちとちょっと取引がしたかっただけ」

「取引？」

「うん、さっきはああ言ったけど、条件次第では、まだ残っている国内ダンジョンの瘴気の浄化に協力してあげてもいいかなぁと思って」

「……対価に何を望むつもりだ？」

「うん、単刀直入に言うね」

時間もない、面倒な問答は抜きにしよう。

「王都にある神殿……ちょっと、貰えないかな？」

厳密に言えば、神殿の材料である神霊鋼が欲しい。

取り壊し工事で破壊された素材の一部を北の大地に持って帰る。

向こうで加工し、再利用できれば、精霊が暮らせるようになり、獣人たちが暮らすための取っ掛かりを作ることができる。

「で、でで、できるか、そんなことっ！」

しかし、ワルズ王子に即拒否される。ちょっとは考えて欲しいものだけど。

「貴様の話を聞き、神殿の重要性を知ったあとなら猶更渡せん、あれは我が国のものだ！」

「国のって……誰が決めたの、そんなこと？」

「決めるも何も、王国の中にあるのだから当然だろうが！」

「いや、それは順番が逆でしょ」

国ができる前から神殿は存在していたのだから……。

王国が神殿を建築したなら納得できるが、そうじゃない。

「そんな道理が通じると思ってるの？　自分たちは獣人たちの土地を身勝手な都合で奪っておいて」

「何故、我々が獣人如きの都合など考えねばならん」

（……如き？　だって）

不愉快な発言に眉を顰める私。

そんな考え方だから、彼らに酷いことができるんだよ。

「奪って何が悪い。強き者が生き、弱き者は死ぬ……それが世界の真理というものだ」

「あっそ、じゃあ弱い君たちは滅びるしかなくなるね」

「な、なんだとっ！」

はっきりとワルズ王子に伝える。

怒りで眼を真っ赤にし、口をぱくぱくさせていた。

「しょうがないよね、魔物より弱いんだから……死んでも当然でしょ」

「そ、それが元とはいえ、人を救う使命を持つ大聖女の言うことか！」

「こんな時だけ立場を引き合いに出さないでよ」

自分は王族の責任を放棄して国から逃げようとしていた癖に。

何を勝手なことを言っているのか。

「別にまるごと神殿をよこせとは言ってないでしょ、あくまで今回の工事で壊した部分を貰うだけ」

「だが、以前より神殿の効果は弱まるのだろう？　植物などの成長は遅くなり、以前よりも暮しのレベルは下がるのだろう？」

「そうだね」

勿論国は大打撃を受け、以前ほどの強国ではなくなる。

けど、それは今まであった神様の補助が弱くなるだけだ。

そもそも神殿が存在する国が特別であり、世界の大半の国にはない。

「いい加減理解したら？　飢饉《ききん》とは無縁な肥沃の大地、枯渇しない潤沢な水資源。君たちが当たり前だと思っていたのは、当たり前なんかじゃなかったってことを……」

「さ、さっきから偉そうなことを言いやがって」

「別に、偉そうにしているつもりはないけどね」

今まで貴方たちが恵まれすぎていただけだ。歯ぎしりするワルズ王子。

「国政に口出すつもりは微塵もないけど、少しは身を切ることを覚えろ……って言ってるんだよ」

「いいだろう、ならば貴様を捕まえて言うことを聞かせるまでだ。来い！　兵士たち！」

「本当に話が通じないなぁ」

どうして急にそうなるの？　ワルズ王子の合図で兵士たちがバタバタとやってくる。

正直、交渉相手が王子たちの時点でこうなる気はしていた。

自分の利益が最優先の彼ら相手の交渉は、うまくはいかないだろうと。

だけど他に話のできる王族はおらず、それでも、もしかしたら……と、賭けてみたんだけど、
結果は御覧の通りだ。

「単身のこのこと現れた貴様を捕らえてしまえば、神獣も我々の命令を聞くはずだ。そうすれば何の問題もない」

「……はぁ、それがあなたたちの選択ということでいいんだね？」

ため息が零れる。それができなかったから、私はここにいるんでしょうに……。

もう忘れたのかな？　ワルズ王子は私が暴れた時にいなかったから、わかんないのかな。

交渉を諦め、私が臨戦態勢をとろうと構えた……その時だった。

「い、いい加減にせんかあああああっ！」

「だ、誰だ！　……え？」

部屋中に大きな声が響く。ワルズ王子が声の主に叫ぼうとして、止まった。

ふらふらと杖をつきながら部屋の扉から現れたのは白髪の老人。

「馬鹿どもが、醜態ばかりさらし追って！　ごほっ、ごほっ！」

「あ、あぁ……」

「な、何故ここに……父上！」

老人を見て王子二人がたじろぐ。なんと、私の前に現れたのは国王陛下だった。

「お初にお目にかかる、ルリリーラの後継者よ」

ルリリーラとは婆さん、先代大聖女の名前だ。

大聖女として四年仕事をしてきたが、陛下の顔を間近で拝見するのは初めてだ。

私が大聖女になった時から、陛下はすでに病気で伏せており、表に姿を現さなかった。

以後、動けない陛下の代わりに息子たちが政治を執るようになった。

「い、生きていたんだね、陛下」

「辛辣《しんらつ》だな、だがそう言われるのも無理はなっ、ごほっ！」

何度も咳をする陛下。

足元がふらつき、立っているのがやっとの様子だ。

「ち、父上っ！」

「どうか部屋にお戻りを、お体に障ります！」

「黙れ、愚息どもが！　お前たちのせいで無理をすることになったのだろうが！」

「「ひっ！」」

支えようとする王子二人の手を振りほどく陛下。

病人とは思えない陛下の剣幕に黙り込む王子たち。

「まったく、力量差がこれだけあるのに見抜けんとは……もう任せておけん、ここからは俺が話をする」

陛下がじっと私を見る。

ようやく、建設的な話ができそうな感じだ。

「ふぅ……すまぬが、座らせてもらっていいか？　この身で立ち話はきつい」

「どうぞどうぞ」

近くにいた兵士が椅子を引き、陛下が座る。

たったそれだけで、どっと疲れたような表情だ。

「ふぅ……俺も衰えたものだ、本当に」

「陛下は今、四十半ば……だったっけ？」

「ああ、そうは見えんだろう」

陛下が皺だらけの手を見ながら悲しそうに呟く。

「まぁその容姿で一人称が俺……っていうのは、若々しすぎて違和感があるかもね」

顔には皺が刻まれ、手の甲の血管がくっきりと浮き出ている。

年齢よりも二十歳以上は老けて見える。

お若いですよ、と言っても皮肉にしか聞こえないだろう。

「かつて、武王と呼ばれたあの頃が懐かしい」

「………」

陛下の武勇伝は先代大聖女から聞いたことがある。

今のやせ細った腕からは想像もできないが、若い頃は筋骨隆々としており、大剣を片手に持って、自らを先頭に魔物の群れや他国の軍勢に突っ込んでいったとか。

「すまない、メイフィートよ」

「え？」

「愚息がお主にしたことは、先ほど兵から聞いた。謝って済むことではないが、せめて国を統べる王として謝罪させて欲し……どうした？」

「いや、親子であまりに対応が違うもので」

ポリポリと頬をかく私、正直戸惑う。

下々の者よ、我に従え……って感じの王子二人に対し、常識人というか。

「この状況で置かれている立場すら理解できない者に王は務まらん」

「っ」

ぎろり、と王子たちを睨む陛下。

あの王子たちは本当にこの人の息子なのだろうか？

「しかしまさか、俺の知らないところで神殿破壊が起きようとは……予想もしなかった」

「もしかして陛下、神殿の役割を知ってたの？」

「ああ、なんとなくだがな。といっても、お主のように神獣から話を聞いたわけではないぞ」

世界で発展した国の共通項や歴史諸々を調べ、学んだ結果。

可能性として高いだろうと考えていたらしい。

「さて、メイフィートよ。神殿の一部譲渡の件だが、勿論構わん」

「……おっ、話がわかるね」

「当然だ、それで協力が得られるのなら、拒否する理由がない」

「へ、陛下っ！」

王子二人が陛下の傍で騒いでいるが、無視してオーケーしてくれる。

当面の危機は国庫の貯蓄でどうにか凌ぐ。

神殿の効果が弱まれば土地も徐々に痩せ、収穫量も減る。

物の価格が向上し、生活水準の低下などが起きる。

間違いなく税収も減るが、ここ十年は戦争もなく、貴族たちも私財を蓄えており。緊急徴収すればどうにかなるだろうと話す。

「な、何故、言いなりになるのですか！　父上！」

「高貴な我々王族が、こんな貧民街出身の女にへりくだるなど！」

「いい加減にしろ、馬鹿どもが！　王国が滅亡するかという時に身分など関係あるか！」

馬鹿王子二人に一喝する陛下。

「ごほっ、ま、まだわからんのか、お前たちは……彼女にチャンスを与えてもらっていることに」

「「え？」」

きょとんとした顔の王子二人。

「メイフィート、お主は優しい娘だな」

「や、優しくはないと思うけど」

王国の危機に付け込んで交渉しているわけだし……。

じっと私を見つめる陛下。

このタイミングでそんなことを言われるとは思わなかったな。

「神霊鋼を手に入れたいなら、王国を助ける理由はなかったはずだ。誰にも知らせず、魔物が王都を蹂躙《じゅうりん》したあとで、機を見て回収すればいい。本来は交渉の必要すらない」

「……そうだね」

目的を達成するのに一番合理的な手段だろう。

「これでも戦場に身を置いていた身だ。汝の力量は察せる……底までは見えんがな、選択肢の一つとしては存在したはずだ」

「そうだね……でも、それをやったら、私じゃないからね」

「まっすぐなのだな……お主は」

「たいしたことじゃないよ、自分を納得させて生きていきたいだけ」

大聖女となった際、神の加護まで得た私。この手に宿る力はとても大きなものだ。

私を止められる存在は限られている。

だからこそ、最低限のルールというものを自分に課している。

それに王族や貴族連中はともかく、国民全員に罪があるわけじゃない。

上の決断に巻き込まれてたくさんの人が死ぬ。そんな未来は避けられるなら避けたい。

「でも正直、陛下の言ったことも考えなかったわけじゃないよ……」

正直、神霊鋼をこっそりいただく考えは王都に向かう前からあった。

フラウを助けた後、機を見て持って帰ろうと思っていた。でも……。

「王宮に来る前に騎士団や同僚だった聖女と話してね。決死の覚悟で国を守る彼らを見たら、見捨てるには早いかなと思ったんだ」

「そうか、なら俺はメイフィートを繋ぎとめてくれた彼らに感謝しなくてはな」

哀しそうな、嬉しそうな複雑な顔を陛下は浮かべていた。

陛下の登場により話の方向性が決まる。

ここで気になっていたことを陛下に質問していく。

「あのさ、陛下」

「なんだ？」

「公務に出るのは無理でも、せめて、もう少し顔を出せなかったの？」

病気ということは聞いていたが……。

何故、ここまで国の状況が悪化するまで放っておいたのか。

仕事を全部馬鹿王子たちに任せず、大事なことだけでも良識的な陛下が決めてくれていたら、それだけでかなり話は違っていたと思う。

「そうしたいのはやまやまだが、不可能だ」

「なんで？」

「俺は年に一度しか起きられん病気だ」

「え？」

そんな症状の病気、初めて聞いたな。

「原因はわからんがな。以前目覚めたのは半年前だ。だから今日、目を覚ましたのは本当に偶然だった」

「……偶然、ね」

本当にそうなのかな。

危機的状況にある今日という日に目覚めたのは。

「というか、元とはいえ、大聖女なら我の病気を知っているだろう？」

「いや、初めて知ったけど」

「なに？」

「っ！」

噛み合わない陛下と私の会話。

どういうわけか、背後でビクッと身体を震わせる王子たち。

何だ、この王子たちの挙動不審な感じ。

「ど、どういうことだ？」

「それはこっちが聞きたいんだけど？」

「ワルズたちから、我の身体は眠っている間も、定期的に聖女や薬師に見てもらっていると聞いたぞ……その際はメイフィート、其方の名前も出た」

「ふぅん、同姓同名の聖女がいたんだね」

て、そんなわけないよね。

「ファウセスナス、メイフィートの言は本当か？」

「は、はい。というか、私もご病気の内容までは知らされておらず、殿下に協力を申し出た時も自分たちで治癒役を用意するからいいとの一点張りで……」

つまり、王子二人が嘘をついていたことになる。

理由があって陛下の病状を私たちに隠そうとしていた。

なんか色々、きな臭くなってきたな。

自然、部屋中の人間の視線が殿下たちへと注がれる。

いつの間にか、部屋の出口の方へとこっそり移動している王子たち。

「……おい、どこに行く。お前たち」

「「っ！」」

ギロリと殿下二人を睨みつける陛下。

なんだろね、悪いことして母親に叱られる直前の子供のような空気。

いや、実際はそんなに生易しいものじゃないけどさ……。

「別に親子喧嘩を止める気はないんだけど。一つ質問いいかな、陛下」

「なんだ？」

「今気づいたんだけど、どうして陛下、呪いの指輪なんてつけてるの？」

「な、に？」

私の発言に目を大きく開く陛下。

指に嵌められた金の指輪は、間違いなく呪いが付与されたアイテムだ。

「何を言っている、これは装備者の治癒力を高める付与魔法が刻印された、癒やしの指輪だと聞いているぞ」

「違うよ、それは間違いなく呪いの指輪」

「……ほ、本当、なのか？」

「うん、こんな時に冗談なんて言わないよ」

呪いについては先代に徹底的に勉強させられた。

だから私は気づくことができた。

「『魂縛り』っていう……身につけた者の魂の活動を封印する呪い」

「魂の活動を封印?」

「うん、魂と肉体には大きな繋がりがあるからね。簡単に言えば、魂に制約を設けることで老化を早めたり、肉体の活動時間を極端に短くする呪いだね」

「……そう、か」

色々ドンピシャだよね。今の陛下の病状、そのままである。

もしかすると、陛下がこのタイミングで目覚めたのは、呪いが私の魔力に反応した可能性もありそうだ。

「ちなみに、指輪はどこから手に入れたの?」

「そこにいる、息子たちからだ」

四十歳を迎えた記念すべき日、王子たちから送られたそうだ。

肌身離さず身に着けておくようにお願いされたらしい。

陛下が少しでも長生きするようにと……。

以降、陛下は肌身離さず身に着けていた。

そういえば先日、グレモリアスと連絡を取った時、リエールが王子に呪具を渡していたとか話していたけど、もしかして……。

「陛下、王子たちに騙《だま》されていたんじゃないの？」

「ななな、何を言っている！」

「ききき、貴様、言うに事欠いて何を！」

必死な顔で否定してくる王子たち。

皺がれた陛下の手を左右からギュッと握る。

「ち、父上、信じてください！　深く繋がった我ら親子の絆を！」

「イクセルの言う通りです！　我らは父上を尊敬し、誰よりも愛しております。どうか父上が産んだ可愛い息子の言葉をお聞きください！」

「産んだのは俺じゃないがな」

大分テンパってるな、殿下たち。

王子たちを一瞥し、陛下が顔を上げて私を見る。

どう行動すべきか、判断に迷っている様子だ。

「私は二人と違って信じてくれとは言わないよ」

「……む？」

「人間、嘘なんていくらでもつけるしね。陛下が決めて」

私と王子二人、どっちの言葉が正しいのか。

「光魔法を極めた大聖女であり、呪具について世界トップクラスに詳しい私の言葉を信じるか」

「……」

「何年間も陛下に平然と嘘をついて、いざとなれば国を簡単に見捨てて逃げようとするけど、血の繋がっている息子たちを信じるか」

「愚息どもを牢屋にぶち込んで来い」

「「……え？」」

陛下、悩まず即決である。

「はな、放せえええええええっ！」

「やめろ、触るなっ！　父上、どうか私の話を聞いてくださいっ！」

兵士に捕らえられ、地下牢屋へと連行される殿下たち。

戦時に紛れて逃げることもできなくなった。

「まさか、息子たちに命を狙われていたとはな」

哀しそうに息子たちの姿を見送る陛下。

それから私は解呪し、陛下に指輪を外してもらう。

「凄いな……呼吸が、随分楽になったぞ」

「これから徐々に回復すると思うよ、ただ……」

十分後、会話の最中も陛下は咳をしなくなった。

一年に一度ではなく毎日起きられ、体調も回復するだろう。

「でも……老化してしまった身体は、簡単には」

「いや、余生ができただけで十分だ。これは国中の者たちに迷惑をかけてしまった自分に対する罰だ」

「迷惑をかけたのは馬鹿息子たちだよ、陛下が責任を負うことはないよ」

「子の責任は育てた親が背負うものだ」

「いや、それは勘違いだよ、馬鹿言っちゃ駄目。悪いのは王子たちだね」

「お、お主はぶれんなぁ……」

物事の善し悪しの判別が付かない子供ならともかく、王子二人は立派ではないが大人だ。責任は当人が負うべきだ。

そんなこと言ったら、今度はそんな陛下を育てた先代陛下が悪いことになる。

そして先代陛下を育てた先々代陛下が……と責任が遡及される。キリがない。

とはいえ、今は非常時だ。

王子たちへの沙汰は後で下すことにして、話を進める。

「して、メイフィートよ。手を貸してくれると言ったが、具体的にはどんな方法を考えているのだ？」

「そうだね」

問題を整理する。一応、他のダンジョンは神殿から距離もあり、『眠りの森』のように即座に魔物暴走《スタンピード》が起きることはないと思うけど。

王国中で火種を抱えていることに変わりはない。

「ならば今回、其方が王国のダンジョンを浄化して回ってくれるということか？」

「それじゃあ、たぶん間に合わないよ、ダンジョンの数に対し、私の体は一つしかないんだからね。そもそも、陛下はそれでいいの？」

「なに？」

「はっきり言っておくけど、私はもう大聖女じゃないんだよ。そう何度も力は貸さないよ」

「勿論だ、わかっている」

「ううん、陛下は全然わかってないよ」

今の言葉の本当の意味を……。

「自分たちの国なのに、自分たちで守らなくていいの？」

「それは……」

返答に困る陛下。危険な仕事を一部に任せっきりだった神殿連中。

勿論、現場で働く騎士団や先ほど話した聖女たちのように、真摯《しんし》に努力してきた人間もいるが……。

「平和ボケしたままでいいのか、ということだな？」

「うん、私がいなきゃ立ち回らない国……それじゃあ駄目でしょ、助けた意味もない」

「確かに、お主の言う通りだ……」

陛下が頷く。そんな国は今回の危機は乗り越えられても近い未来に滅亡する。

「それを踏まえて一つ提案があるんだ……」

考えていることを伝えると、陛下の目が見開いた。

「ほ、本当に……いいのか？　そこまでしてもらって」

「今回限りの特別サービスだよ」

「メイフィート……ありがとう」

陛下は本当に申し訳なさそうに頭を下げたのだった。


陛下に協力内容を伝え、色々と準備を進めてもらっている間。

私は『眠りの森』へと戻ってきた。

時刻は夕方となり、空は赤く染まっている。

「ふぁ……おや？」

入口でうつぶせになっているポチ。

大きな欠伸《あくび》をしたあと、私が来たことに気づく。

王宮で起きた出来事をポチに伝えていく。

「なるほど、国王がね……で、今王子たちは牢屋で罰がくだるのを待っていると」

「うん」

陛下を呪い殺そうとしたんだ。

王族だからって許されるわけもない、当然の結末だろう。

「ポチ、今回は本当にごめんね、私に付き合わせちゃって」

「いいんだよメイ、僕がしたくてしたのだから。ただ、じっとしていると暇でね。時間潰しになりそうな物を持ってきてくれるかな？」

「わかった！　任せて！」

王都で本とか時間潰しになるものを購入し、戻ってくる。

「助かるよメイ……本と、この袋の中身はなんだい？」

「これはね……」

袋の紐を解き、下に向けるとたくさんの木片が地面に散らばった。

「木のパズルだね。正しく組み合わせると、動物の絵が完成するらしいよ」

「人間は面白いことを考えるね」

小さな木片に肉球を押し付け、欠片を繋ぎ合わせていく。

肉球をぺったん、とてもラブリーな姿だけど……。

「な、なかなか難しいね」

肉球で器用な作業をするのは大変かもしれない。

「ごめん、もうちょっと考えて買うべきだったね」

「いや……これぐらい難しい方が時間を潰せていいよ、やってみる」

どうやら気に入ってくれたみたいだ。

ポチに届けて王宮へと戻ると、騎士団長《バウルさん》が私の帰りを待っていた。

「残った魔物の方はもう大丈夫なの？」

「ああ、君の支援魔法のおかげでな、予想以上に早く片付く目途が立った」

王宮に報告に戻ったあと、バウルさんは私に協力するよう陛下に言われたらしい。

「すでに準備はできている。訓練場には百人を超える聖女が待機している」

「仕事が早いね、バウルさん……じゃあ早速始めようか」

「しかし、本当に可能なのか？　たった数日で聖女たちを劇的に成長させるなど」

「……できるよ」

彼女たちなら間違いなく成長できると、私は見込んでいる。

これが私の考えた問題解決方法だ。

私がいなくても国が回るように、今まで怠けていた聖女たちを超特別コースで徹底的に鍛える。

今日のように、優秀な人だけが無理をするのではなく皆で頑張れるようにする。

多方面で問題が起きても人員不足にならず、しっかりと解決ができるように、聖女全体の能力の底上げをする。

「しかし、なんというか……その」

「なに？　はっきり言っていいよ」

「彼女たちを鍛えるのは、追い出された君の心情的に平気なのか？」

「別に問題ないよ」

「強がる必要はないんだぞ」

「まったく、強がってないけど」

それはそれ、これはこれだ。私、仕事は仕事で割り切る主義ですので……。

「先代もそうだったが、メンタルが強くないと大聖女になれないのだろうか？」

「なかなか遠慮がなくなったよね、バウルさん」

「今の君に合わせようと思っただけだがな」

そんな会話をしながら、王宮の離れに存在する屋外訓練場へ。

騎士団や宮廷魔導士が利用する、天蓋のあるドーム型の戦闘訓練施設だ。

屋根や壁に設置された灯の魔道具に照らされ、夜間でも使用できるようになっている。

入口からそっと中を覗《のぞ》いてみると……。

「魔物、魔物怖いぃ」

「うう……なんで私たちがこんな目に」

「あれからどうなったの？　今、外はどうなっているのよっ！」

集められたのは昼間、『眠りの森』から後ろに下げられた未熟な聖女たち。

無事戻ってこられたかと思えば、急に呼び出され不安を抱えているようだ。

まず最初にバウルさんが姿を見せ、聖女たちの視線を集める。

「王国騎士団長のバウルだ。まずは王国の現状、そして君たちがここに集められた理由について説明しておく」

時間もないので、さくさくと説明を始めていく。

「『眠りの森』の魔物暴走《スタンピード》についてだが、ほぼ解決した。防衛網から漏れた魔物も、騎士団が冒険者と協力して対処している、間もなく其方も収束する予定だ」

「「ほ、本当ですかっ！」」

わあああああっと、聖女たちから歓声があがる。

「じゃあ、今なら安全な場所に逃げられるのですね！」

「やったわ！」

最初から協力するという選択肢はないらしい。

うん、これは実に調きょ……鍛えがいがありそうだ。

「待ってくれ、まだ話の途中だ。他の地域のダンジョンで危険度が高まっていることに変わりはない。我々では瘴気の浄化ができないゆえ、魔物を倒すことはできても、問題解決までは至らない。どうしても君たちの協力が必要なのだ！」

「そ、そんなことを言われても……」

「む、無理に決まっているじゃないですか！」

「もうさっきみたいに危ないのはコリゴリです、どれだけ怖かったか！」

やんややんやと騒ぐ聖女たち。まぁ、こうなるよね。

「君たちの不安はわかる。だが心配はいらない。彼女が来てくれたからな」

『………』

バウルさんが私を手招きして、隣に立った私を紹介してくれる。

予想通りというか、聖女たちが胡散臭そうに私を見る。

「彼女が君たちを鍛えてくれるそうだ、自己紹介を」

「うん」

まぁ、今更自己紹介もないけど。

フードをばさりと取って素顔を見せると、聖女たちの目が見開いた。

「……え？」

「メ、メイフィート？」

ワイワイガヤガヤと騒ぎ出す聖女たち。

「な、なな、なんでっ！　アンタがここにいるのよ！」

「バウルさんの話を聞いてなかったの？　私が鍛えてあげようと思ったからだよ」

「……は？　い、意味がわかんないんだけど」

最初に声をあげたのは、私を追い出した聖女イルマ。

相変わらず賑《にぎ》やかな女だ。

「な、何言っているのかわからないけど、だったら話が早いわ。元大聖女である貴方が全部浄化して解決すれば終わりじゃないの！」

「絶対嫌だよ……私はもう大聖女じゃないんだから、これは君たちがするべき仕事だよ」

「勝手なことを言ってるんじゃないわよ！　貴方が頑張れば犠牲なんて出ないんだから！　そう思うでしょう、みんな！」

「イルマ様の言う通りです！」

「そうだそうだ！」

同調するように騒ぎ出す聖女たち。

人を追放しといて……一体どっちが勝手だというのか。

「……こ、こいつら、本当に」

「ね、良い感じに腐りきっているでしょ」

ギリリと歯ぎしりするバウル騎士団長。

あの馬鹿王子たちとうまくやれるわけだよ。

その様子を見て思わず笑みが零れた。

「落ち着け、聖女たちよ！」

少しでもスムーズに事が進むように頑張るバウルさん。

「決して君たちにとっても損な話じゃないんだぞ。自身を成長させるチャンスなんだ」

「う、うう、嘘よっ！」

「そこの女はこれ幸いと私たちに復讐するに決まっているわ！」

絶対嫌だと、聖女たちが叫ぶ。まったく……私をなんだと思っているのか。

そんな気持ち、少ししかないよ。

「だが、ここにいる者たちは、彼女に伸びしろを見込まれた聖女たちなんだぞ」

「「「え？」」」

「これは、元大聖女という最高峰のサポートを得て、君たちが大きく成長できるチャンスなんだぞ……そうだろう、メイフィート」

「まぁ、間違えてはないね」

うまい言い方をするね、バウルさん。

このままでは話が進まないと、上手に諍《いさか》いを止めようとしていた。

「ほ、本気？　メイフィート」

「まぁね、それに後々のことを考えたら、ここで頑張っておいた方がいいと思うよ、イルマ」

「ど、どういう意味？」

「まぁ、後で話してあげるよ」

まだ殿下が牢屋に放り込まれたことは知らないようだが。

神殿長の神殿破壊ほどの罪ではないが、身勝手な理由で私を追放したイルマにも何らかの沙汰は下されることだろう。

「貴方を追放までした私の面倒を見るというの？　お人好しにも程があるでしょ……」

「私はね、仕事に私事は持ち込まないんだよ」

信じられないとイルマが見る。

「わ、私たちに……そんな伸びしろが本当にあるの？」

「うん、現状絞りカスみたいな貴方だからこそ、まだ大きな成長幅を残しているんだ」

「……あ？」

「さっき伸びしろって騎士団長がうまい表現したけど、普段から基礎修行をさぼっているんだから、君たちが成長できるのは当然っていうか。それでも、そんな君たちでも塵も積もれば山となな、ううん……なんていうのかな、うまい言葉が見つからないけど……むぐ」

バウルさんに口を塞がれる私。

敵意むき出しの、物凄い顔でこっちを睨む聖女たち。

「せ、せっかくいい感じの空気に持っていこうとしたのに……あ、煽ってどうするんだ！」

「すいませんね、自分に素直なもので」

というか、別にいい空気になんてならなくていいよ。

仲良くやるつもりは微塵もない。

強制訓練なんだから嫌われた方がやりやすい。

(それにどうせ……最後には文句の一つも言えなくなるよ)

「私は問答をしに来たんじゃないんだ、君たちに拒否権はない」

地面に展開される巨大魔法陣、半透明の光の結界が訓練場を包み込む。

「なによ、この透明な壁は……」

「こ、これじゃあ外に出られないいじゃないの！」

閉じ込められて、騒ぎ出す聖女たち。

魔法でしっかりと結界を張らせてもらった。

「逃がさんよ……お前たちは」

「「「「え？」」」」

「ここから出る方法は二つだけ、私の結界を君たちが破壊するか、私を倒して結界を解くか、まぁどちらも今の貴方たちには不可能だろうけど」

「ま、魔王みたいなこと言ってんじゃないわよ！」

イルマが私に向かって叫ぶ。

私だって人生でこんなこと言うシチュエーションが来るなんて思ってなかったよ。

出せ！　……と、非難の声が飛び交うが無視。

「うん、やっぱり私、あなたたちのことが大っ嫌いだ。変わってなくてよかった……おかげで遠慮なくやれる」

「「「「ひっ！」」」」

「私、頼られるのは嫌じゃないけど、アテにされるのは大っ嫌いなんだ。その根性、ここで叩き直してあげるよ」

陛下からも許可は貰っている。ビシバシ扱《しご》いてあげるよ。

「泣こうが、喚《わめ》こうが好きにすればいいよ……やめないけどね」

「「「「い、いやあああああっ！」」」」

訓練場に聖女の悲鳴が響き渡るのだった。

「早く立つんだよ、腐った蜜柑《みかん》ども！　ちんたらしてないで走るんだよ！」

「ひぃいいいいっ！」

「だ、誰か助け……お父様あああああっ！」

先代大聖女（婆さん）譲りの教育を施していく私。

ああ……私、人生で初めて鞭《むち》とか使ってるよ。

汗だくになりながら訓練場を這いずり回る聖女たち。

「も、もう……無理よおおおっ！」

「はぁ、はぁ……や、休ませて……う」

「休んだら成長できないでしょ」

気絶しかけた聖女の顔に、用意したバケツの水をぶっかける。

「強くなれないよ、それでもいいの？」

「い、いいわよ……強さなんて私にはいらない」

「それじゃあ、私が困るから駄目なんだよ」

「じゃあなんで聞いたのよおおおっ！」

首根っこを引っ張り、強引に立ち上がらせて、走らせる。

鞭をブンブン振っていると、隣にやってくるバウルさん。

「ス、スパルタだな」

「そう？　でも、理に適った訓練をしているつもりだよ」

聖女たちに支援魔法を使わせ、全力で走らせて魔力を限界ギリギリまで消費させる。

体内魔力は限界まで使ったあと、回復させることで増える。

通常、魔力が全回復するまで一日かかるが、私が自身の魔力を分け与えることで即座に回復させる。

そのサイクルを何度も繰り返すことで、魔力量をできる限り増やしていく。

ついでに四六時中、支援魔法を使わせることで、魔力制御能力も底上げしていく。

「このやり方なら数日で魔力は実戦レベルに持っていくことができる。まぁ枯渇寸前の状態から一気に回復させると激痛が走るけどね」

一種の成長痛みたいなものだ。痛さは段違いだけど。

うああああ、とかゾンビみたいな聖女の悲鳴がそこらから聞こえてくる。

「つ、強くなれるのはいいが、あののたうち回っている光景を見ると自分も……とは軽々に言えないな」

「数日で楽に強くなる方法があれば、誰だってやってるし、苦労しないよ」

あの苦痛はこれまで怠けていた時間を相殺するための対価だ。

訓練場の様子を見つめる私たち。

「それでも、可愛いものだよこれぐらい。私が先代にされたことに比べれば……」

「そ、そうなのか？」

「うん」

思い出す、修行していた時のこと。

「ベッドで眠っている間に大墳墓に連れて行かれてさ、起きたらアンデッドがわんさかいる場所に一人置き去りとか、そういうのざらだったしね」

「なにそれ、怖い」

どの墓からアンデッドが復活しそうか当たりをつけ、帰りの安全ルートを模索する。

命のかかった脱出劇、そりゃ魔力感知も研ぎ澄まされるよ。

それもまぁ今となってはいい思い出……とはならないけど。

時々、夢に出てくるしね。

それに比べれば、こんなのは肉体を虐《いじ》めているだけだ。

最初から命の保証はされている。

そんな話をバウルさんとしていると……。

「はぁ、ひ、ひぃいいい……」

「イルマ、どうしたの……他の子より二周遅れだよ」

「う、うるさいっ！」

地面に前から突っ伏すイルマ。

綺麗な赤い髪に泥がついても、気にする余裕はなくなったようだ。

だけど、まだまだ……。

「返事できるうちは限界なんて先だよ、ほらもう一周」

「う、うるさい、私の限界をアンタが決めるんじゃないわよ！」

それ、そっちが言うセリフじゃなくない？

「ぜぇ、はぁ……な、なんで、なんでアンタは平然としてるのよ、この人数の聖女に何度も魔力を補給しても、尽きる気配が微塵もない」

「そりゃあ、鍛えてたからね」

「うう……それに、今更鍛えたって」

「……ん？」

わなわなと震える拳、イルマの瞳から零れだす大粒の涙。

「どうせっ、どうせもう私は終わりなのよ。殿下も捕まったし、私には未来なんてない！」

「………」

王宮で起きた殿下の件については先程伝えていた。

「まだ、どうなるかわかんないでしょ、未来なんて」

「わかるわよっ！」

イルマは否定したけど。生きているなら終わりはない。

「アンタには一生わからないわよ、私の気持ちなんて！　いつも涼しい顔して、仕事もそつなくこなして！　神殿にやって来て修行を始めたのも私たちよりも遅かったのに、あっという間に追い抜いていって！　先代大聖女様に見染められて、最高位まで上り詰めて！」

「……」

「なんなのよ、なんなのよ……むかつく、むかつくっ！　私が欲しかったものを奪っていく」

それは初めて見る彼女の本気の感情の吐露だった。

「私は大聖女になりたかった、絵本で初代大聖女様の逸話を知って、子供の頃から憧れてた。だから汚い手段だと理解しつつも、迫ってくる王子を自身のために利用した」

「……」

「子供の頃は親からも期待されてた、将来を夢見て頑張った時もある。だけど才能の差は残酷だった、アンタが現れてすぐ、絶対に追いつけないと悟った。アンタに私が勝てるのは生まれしかなかった！　神殿でアンタを罠に嵌めた時は勝ったと思った、だけどそれすらも勘違いだった。アンタはそれをあっさりと捨ててしまった。私……アンタを見ていると、自分が馬鹿で惨《みじ》めに思えてくるっ！」

「……イルマ」

ぽろぽろと涙を流し、拳をガンガンと地面に叩きつける。

手から血が流れようとおかまいなしに。

（……そっか、貴方には私がそう見えていたんだ）

「メイ、フィート？」

そんなイルマの元に私は手を伸ばす。

「休憩は終わりだよ、早く走って」

「お、鬼か、お前は」

「うううううう、うがあああああああっ！」

やけくそ気味に私に飛びかかってくるイルマ。それを適当にいなす私。

ジト目で見てくるバウルさんだけど。

「い、いやだって、あれだけやっといて、そんな被害者面されても困るというか、私が謝る要素は微塵もないでしょ」

「ま、まぁそうなんだけど、そうなんだけどな」

何とも言えない顔のバウルさん、なんでこっちが悪いみたいになるのか。

「イルマ、貴方はそう言うけど、私だって最初から持っていたわけじゃないんだよ」

「……メイフィート？」

少し昔を思い出しながら語る。

隣の芝生は青く見えるというか、なんというか。

「私には何もなかった。でも貴方には最初から色んな物があった、良くも悪くもね……だから執着するものも違うんだろうね」

貴族令嬢として生まれ、食べる物に困ったことはないだろう。

毎日綺麗な服を着られて、外に出れば従者がついてきてくれて。

由緒正しい公爵家の娘として生まれ、期待に応えるよう言われ、育てられてきたのだろう。

たくさん持っているから、今が満たされているから、失うことが怖くなる。

対して親の顔も知らない、貧民街生まれの私には失うものは何もなかった。

「そんなに大聖女になりたければ、また一から修行し直して頑張ればいいじゃん」

「か、簡単に言うんじゃないわよ！　できるわけないでしょ！　そもそも私は殿下に加担して、アンタを追い出して……」

その責を問われ、見習いとなり辺境に飛ばされるかもしれない。

公爵家を追放されるかもしれない……だけど。

「別に慰めで言っているんじゃないよ、私も今の貴方と同じように罪を犯したことがあるし」

「……へ？」

少し昔話をしようか。

「イルマ、聖杖アスティル……って知ってるよね」

「え、ええ……勿論。代々の風の大聖女に継承される、初代大聖女が愛用していた風の神殿の宝具よね。強力な魔法補助媒体にもなる。でも、貴方は何故か使っていなかったわよね」

「……うん」

だって手元に存在しなかったからね。

それもあって、継承時には色々と問題も起きたけど。

「実はアレ、私が売っちゃったんだよね」

「……はあああああっ？」

仲良く叫ぶバウルさんとイルマ。公にはなってないけどね。

「私と先代との最初の出会いだけど、婆さんの聖杖を道で盗んだことが切っ掛けなんだ」

「……は、はい？」

「い、いきなり凄いカミングアウトをしたな」

「もう時効だよ、時効……」

ポカンとするイルマ、ドン引きするバウルさん。企みは最終的に失敗したけどね。

「な、なな、なんでそんなことをしたの？」

「そりゃ、その日暮らしで余裕もなかったし。で……婆さんを見た時『うお、こいつ……良いもん持ってるなぁ』……って衝動が」

「た、短絡的な」

「子供だったしね、杖の本当の価値もよくわかってなかった。それでも売ったら結構なお金にはなったよ、まぁ実際はその何千倍の値段がするんだろうけどね」

ただ、盗みは成功したが売ったところで足がついた。

路地裏の汚い子供に、綺麗に売りさばく販路があるはずもない。

「売って数日して、物凄い形相をした婆さんが貧民街にやってきた」

「さ、さぞ、怒っていたでしょうね」

「私もそう思った、もう人生が終わったと……だけど私を捕まえに来た婆さんはとても嬉しそうに笑ったんだ、そして」

お前には私と一緒に来てもらう、拒否権はない。その対価に杖はくれてやる。

杖の価値を超える逸材を代わりに見つけた……と婆さんは呟き、誘拐まがいに神殿に連れていかれて今に至る。

「それ、本当なの？」

「全部本当だよ、なんなら今度フラウに聞いてごらんよ」

ちなみに聖杖は今も見つかっていない。

機会があったら探しに行こうと思う。一応、申し訳ないとは思っているので……。

「そんな泥棒が大聖女なんだから、本当に笑えるよ……いいじゃない、前科者が大聖女になったって、すでに前例はあるんだ」

どんな理由であれ、人を救うということが大事だと。

『眠りの森』で聖女たちも似たようなこと言っていたしね。

殿下に加担したといっても、陛下の呪具についてイルマは知らなかった様子。

神殿長のように神殿を破壊したわけでもないし、ギリギリやり直しはできると思う。

強いて言えば私が大迷惑を被ったわけだが……。

「私はイルマのしたことを許す気はないけど、自由になる切っ掛けを作ってくれたことに関しては、ほんのちょっぴり感謝してやらなくもないと思ってる。だから……邪魔はしない、応援もしないけどね」

「……メイ、フィート」

じっとイルマの目を見つめる。

「ほら、今度こそ休憩できたでしょ。走りなよ……」

「う、うん……メイフィート」

涙も止まり、立ち上がって走り出そうとするイルマ。

「ねぇ、もし……もしだけど」

「なに？」

「ほんの少し、出会い方が違っていたら、私たち仲良くなれたのかしら？」

振り返り、イルマが私を見る。

そうだね……それは。

「無理じゃないかなぁ」

「アンタのそういうとこよ！　そういうとこが大嫌いなのよ！」

だって、根本的に性格が違うと思うもの。

エピローグ

特訓開始から五日。

ついに鍛えた聖女を送り出す日がやってきた。

彼女たちはこれから王国各地の支部に派遣されることになる。

「もう君たちは腐った蜜柑じゃない……今の君たちなら今回の危機を救えるはずだから」

「お任せください！　メイフィート様！」

「ごごご、ご指導、大変感謝しております！」

「元気な返事だね、期待しているよ」

みんな実にいい顔になったね。

訓練場で、ビシッと整列している聖女たち。

「い、行く前から傷だらけで、戦地帰りみたいな顔になっているわね」

「傷は成長した証《あかし》だよ……」

フラウが彼女たちを見て呟く。

聖衣はボロボロに、頬には涙のあとが残っている。

でも以前よりはずっと素敵に見える。徹底的に精神面から鍛え直したしね。

ちなみに、フラウたち『眠りの森』で活躍した方の聖女たちは王都に残る。

これまで頑張ってきたんだから、私が鍛えた聖女たちに任せて休みなさいという話だ。

「……イルマ」

「ふん」

彼女もフラウの半分ぐらいの魔力量にはなったかな。

後は実戦経験を積んでいけばいい。

「あ、ありがとう、なんて私は言わないからね、アンタが勝手にしたことなんだから」

「別にいいよ。ま、風邪《かぜ》引かないように頑張りなよ」

「……う」

まだ、態度はツッケンドンだけど。

「最後なんだから、嫌みの一つぐらい言えばいいじゃない、そうすればこっちもまだ納得できるのに」

「だから言わないんだよ」

楽にさせたら、何の意味もないじゃん。

「聖女フラウ、夜会で貴方が、自分に大聖女は務まらないって言った意味がわかった気がする」

「イルマ?」

突然イルマに話しかけられ、困惑するフラウ。

「う、器が……大きすぎるのよ、この女は、知れば知るほど遠くなっていく気がする」

そんなよくわからん捨てゼリフ（？）を残してイルマは去っていった。

それから数日が過ぎ、王都に続々と各地のダンジョンに関する情報が入ってくる。

浄化作業は順調に進んでおり、レベルアップした聖女たちはしっかりと活躍をしているようだ。

この調子なら危機も乗り切れるだろう。

今回の件は彼女たちの自信にも繋がっているようだ。

ちなみに、現在の王都の状況についてだが……。

王子たちのしたことは国中に知れ渡ることとなった。

魔物暴走《スタンピード》が無事収まったことと陛下の復活を、国民たちはともに喜んだ。

なお、私の存在に関しては陛下に伏せてもらっている。

聖女を鍛えた後は、風の神殿に行って素材を回収したり、やるべきことを済ましていく。

工事で取り壊された神殿の範囲は五分の一程度で、それ（神霊鋼）を報酬としてマジックバッグに詰めていく。

そして、私が王都を去る日となった。

ポチのいる『眠りの森』まで見送りに来てくれたのはフラウと、あれから交流するようになった聖女たち。

そして、護衛兵を横に連れた陛下。

「わざわざ、見送りに来なくてもよかったのに……陛下」

「なに、リハビリも兼ねてだ、気にするな」

呪いが解けても、体力が戻るわけじゃない。

以前の体に少しでも近づけようと、陛下は頑張っているようだ。

「メイ……もう、行っちゃうんだね」

「長居しすぎたくらいだよ、フラウ」

寂しそうなフラウ。これでこの国でやり残したことは……。

（……ない、よね）

なんかあるような、ないような……何かが引っかかっている気がするけど。

きっと忘れてしまう程度のことなのだろう。

思い出して必要なら、また来ればいいか。

「じゃあ……忘れ物はないかい？　メイ」

「うん、行こうポチ」

ポチの背に、ぴょんと乗る私。

「……じゃあねフラウ、皆！」

「ちゃんと、手紙を書くのよ、メイ！」

「あ、あのっ！」

「んん？」

立ち去ろうとしたところで、フラウ以外の聖女たちから呼び止める声。

「いつでも……神殿に戻って来てくださいね」

「大聖女でなくなったとしても、私たちはメイフィート様を歓迎しますので」

「あはは……ま、気が向いたらね」

今回の事件を受けて神殿長もその地位をはく奪され、辺境へと送られた。

陛下に実権が戻ったことで、神殿内の風向きも変わってくるだろう。

別れを言ったあと。

ポチに乗り、バイバイと手を振りながら王都を出発したのだった。


「行ってしまったな」

「はい、陛下」

寂し気にその後ろ姿を見送ったフラウ。

「できたら、あの娘に王国に残って欲しかったがな……」

心底、残念そうに国王が呟く。

その横顔を見て王の心中を察するフラウ。

「本当に、愚息どもは余計なことをしてくれたものだ」

「あの、陛下……そのお姿は、やはり」

よぼよぼになった王の姿を見て、遠慮がちにフラウが尋ねる。

「ああ、若返ることはない」

「そう、ですか」

「と……思ったのだがな、メイフィートが手をうってくれた」

「え？」

つい、先日の出来事を王は思い出す。


「出せ、出せええええええっ！」

「いつまでここに閉じ込めておくつもりだ、俺は王族だぞ！」

「「……」」

鉄格子の中にいる王子たちを見つめる陛下とメイフィート。

呪具で陛下を殺害しようとしたことがばれ、牢屋へとぶち込まれた王子たち。

歴史上、子供が父親を殺した例はあるが、彼らの動機は中でも器の小ささを感じさせるものだった。

魔法も剣もどちらも超一流であり、武王と呼ばれる元気な陛下。

その存在が王位を継ぐ上で邪魔だった。

よぼよぼの今の姿からは想像もできないが、心身を鍛え、四十にして若々しくエネルギーに満ち溢れていた陛下。

基本的に魔力の高い人間ほど老化速度は遅いとされる。

平均寿命七十歳程度の世界で、先代大聖女の亡くなったのが百二十過ぎだったように。

このままでは父の方が自分たちよりも長生きし、王位が継承されないと危惧したワルズたちは、目の上のタンコブを消すために計画を立てた。

「で、結局どうするの、陛下？」

「どうするも何も……子とはいえ、王の弑逆《しいぎゃく》を企んだ者を生かしておくわけにもいくまい」

「そ、そんなっ！」

愕然《がくぜん》とする王子たち。ここで温い処置をすれば舐められる。

王族であり自身の子であるとはいえ、許されるラインを超えている。

見逃せば再び、同じ犯行に及ぶ可能性もある。

「メイフィート、頼む……お前からもなんとか言ってくれ」

「私？」

イクセル王子がメイフィートに頼む。

「これまでのことは謝る！　だから頼む、俺とお前の仲ではないかっ！」

「仲を考えると始末一択なんだけど」

「な、なんて冷酷な女だ！　民を救えてもたった一人の人間は救えないというのかっ！」

「そんなこと言われてもね」

ぽりぽりと困ったようにメイフィートは頬を掻いた。

「くく、くくく……」

「あ、兄上？」

イクセルとメイフィートがそんなやり取りをしていると。

何故か急にワルズ王子が笑いだす。

「ふふふ、ふふふふ」

「どうしたワルズ、牢屋にずっといて、頭がおかしくなったのか？」

もしや、この状況で交渉できる切り札でも隠しているのかと。

ワルズをじっと見つめる王。

「問題ないぞ、イクセル。ああ言っているが、父上に我ら兄弟は殺せない。我らが消えれば王位を継ぐ者がいなくなる」

「そ、そうかっ！　さすが兄上、頭いい！」

「たわけが、殺すぞ」

「……え？」

迷いなく、はっきりと告げる陛下。

陛下の子供は二人しかいない。確かに王位を引き継ぐ者はいなくなるが……。

「何かと思えばそんな理由か。何の交渉材料にもならん。王宮を消し飛ばす古代魔法兵器を隠し持っているとか、そんな理由ならともかく」

「う、嘘だ、嘘に決まっている！」

「なんなら、メイフィートにでも任せる、お前たちを玉座に座らせるよりは百倍マシだ」

「え？」

突然話を振られ目を見開くメイフィート。

いやいやいや、と手を左右に振り慌てて拒否する。

「何冗談言ってんの、私は女だよ」

「汝には十分に王の資質があると思うがな」

王子の不甲斐《ふがい》なさを衆目に知らしめたあと、国を救った私の活躍を前面に押し出して、民衆の意識を操作し、世論を味方にすれば不可能ではないと話す国王。

「無茶言わないでよ、陛下が新しく後継ぎ作ればいいことじゃん」

「ど、どっちが無茶だ……今の我の肉体年齢は七十だぞ」

「いけるいける」

まったく根拠なく語るメイフィート。

「いやだ、いやだいやだっ！」

「死にたくないいいいいっ！　どうか、どうか父上、慈悲を……」

「諦めろ、今まで散々周囲に迷惑をかけたのだ、企みに失敗するとはこういうことだ」

涙を流し、鉄格子から手を伸ばす王子二人。

「ねぇ……そんなに生きたい？」

「も、勿論だ……た、頼む！　父上を説得してくれ！」

「い、生きられるのであれば、なんでもするから！」

「……メイフィート」

陛下が諫《いさ》めるように、救いの糸を垂らすメイフィートを見る。

「国を救う協力をしてくれたお主には感謝しているが、それは無理だ。どんな愚か者でも息子は息子、俺だって許せるなら許したいが、息子たちのしたことは許せる罪ではない。王として周囲に示しがつかん」

「別に同情したわけではないよ。ならつまり、生かしておく利があればいいんだよね？」

「……む？」

「『ソウルリンク』って、魂を繋げる魔法があってね、王子たちの魂エネルギーを陛下に移すことで陛下を若返らせることができる」

「なに？」

禁術とされている光魔法の一種で、父と子のように魂が似ている場合にのみ使うことができる。

生きられると知り、即座に王子たちは提案に飛びついた。

「と、いうわけだ。魂を繋いだことで、徐々にではあるがこの肉体は元に戻るそうだ」

「そうですか、では殿下たちは……」

「ああ、寿命は減るが、すぐに命を取る理由はなくなった」

今後の王子たちの扱いについては、現在保留中。

寿命に関しても、王のように老人になるわけではない。

傷ついた王の魂を、王子二人の魂で補った形だ。

その負担も半分で済むのだから……。

罰は罰だが、王の魂を呪具で傷つけたのは王子たち、因果応報である。

「な、なるほど……でも」

「なんだ？」

フラウはメイフィートのしたことを考えてみる。

「どうして、メイは自分を追い出した人たちにそこまで親切に……」

「愚息については、自分が王位継承問題に巻き込まれるのを恐れたからかもしれんな」

「えぇ？　は、話の流れで言ったのではなかったのですか？」

「いや、割と本気だったぞ……俺は彼女には王の資質があると思った、視野が広く、何を言われてもブレない心の芯が彼女にはある」

だが、結果的に王位の問題は先延ばしにできた。

国王が若返ることで……。

「聖女たちを鍛えたのは友である其方を守るためでもあるんだろう」

「私……ですか？」

「能力のある者だけが損をし、無理をして消えていく。ここ数年で歪んでしまった組織の在り方を根本から変えようとしたのだ」

親友が今回のように無茶をすることがないように。

少しでも安全に動けるようにと。

『ま……引継ぎくらいはちゃんとしてあげようかな』

【眠りの森】でのメイフィートの言葉を思い出すフラウ。

「……メイ、貴方って子は」

「目先ではなくしっかり先を見ている。人を救うというのは、きっとこういうことを言うのだろうな」

親友に、改めて感謝をするフラウだった。

「やっぱり私……今でもメイこそが大聖女だと思います。誰が言ったとか関係なく、彼女の在り方や生き方が……」

「フラウ嬢」

「風のように気まぐれで、周りは振り回されますけど」

「……ふふ、そうか」

メイフィートの消えた方角を見つめ、笑い合う二人だった。

あとがき

こんにちは、インバーターエアコンと申します。

この本をお手にとっていただき、ありがとうございます。

極めた薬師シリーズに続き、双葉社様から二作目の刊行となります。


本作の内容について。

聖女の追放物ですが、ざまぁ以外にも楽しめる作品を目指したつもりです。

コメディタッチで、後味の悪さはないので気軽に読んでいただけたら幸いです。

本作を読んで少しでも楽しんでいただけたなら、これに勝る喜びはございません。

一作目が理論派な主人公でしたので、その真逆を書きたいと思い、生まれたのが苦節四年のメイフィートとなります。

性格は違いますが、どちらも私が好きな芯の強い主人公です。

自由を好み、風のように縛られない聖女。

彼女がのびのびと動けるように、本作は最低限のプロットだけで書き始めました。

筆の赴くままに書いたので、物語の勢いはあると思います。
そも、プロローグから派手に暴れていますしね。

最後に謝辞を。
担当編集A様、今回もお世話になりました。
本作でもよろしくお願いいたします。
イラストを担当してくださったアレア様、素敵なイラスト感謝です。
私の拙いキャラ設定から、よくぞここまで……と感無量です。
出版関係者の方々、ここまで読んでくださった読者様に目一杯の感謝を。

また次巻でお会いできるのを楽しみにしております。

本書に対するご意見、ご感想をお寄せください。

あて先

〒162-8540 東京都新宿区東五軒町3-28
双葉社　モンスター文庫編集部
「インバーターエアコン先生」係／「アレア先生」係
もしくは monster@futabasha.co.jp まで

ノベルス

苦節《くせつ》四年《よねん》、理想《りそう》の聖女《せいじょ》を演《えん》じるのに疲《つか》れました　～便《べん》利屋《りや》扱《あつか》いする国《くに》は捨《すて》て“白魔導士《しろまどうし》”となり旅《たび》に出《で》る～

2023年７月３日　第１刷発行

著　者　インバーターエアコン

発行者　島野浩二

発行所　株式会社双葉社
〒162-8540　東京都新宿区東五軒町3番28号
［電話］03-5261-4818（営業）　03-5261-4851（編集）
http://www.futabasha.co.jp/（双葉社の書籍・コミック・ムックが買えます）

印刷・製本所　三晃印刷株式会社

［電話］03-5261-4822（製作部）
ISBN 978-4-575-24644-5 C0093

Mノベルス

神に転生した少年がもふもふと異世界を旅します
蒼井美紗
illust 成瀬ちさと
眷属のもふもふと自分作った世界を旅します。なぜか神様に転生したトーゴは神様の義務である自分の世界を作ることに。そして、眷属としてもふもふの犬ミルを召喚する。自分の作った世界を確認してみたいトーゴはミルと一緒にその世界に降り立つ。しばらく過ごしていると、まさかの邪神に自分の神界が乗っ取られて戻れなくなる事態に！？神力の使えない下界でトーゴとミルはなんとか自分の神界に戻るため、この世界を旅していく――。神様に転生してしまった少年がもふもふとゆく異世界ほのぼの冒険ファンタジー開幕！

発行・株式会社　双葉社